Compañeras de viaje

Soledad Puértolas

Compañeras de viaje

EDITORIAL ANAGRAMA
BARCELONA

Diseño de la colección: Julio Vivas y Estudio A
Ilustración: foto © Richard Kalvar / Magnum Photos / Contacto

Primera edición en «Narrativas hispánicas»: marzo 2010
Primera edición en «Compactos»: noviembre 2011

© Soledad Puértolas, 2010
© EDITORIAL ANAGRAMA, S. A., 2010
   Pedró de la Creu, 58
   08034 Barcelona

ISBN: 978-84-339-7669-7
Depósito Legal: B. 34416-2011

Printed in Spain

Liberdúplex, S. L. U., ctra. BV 2249, km 7,4 - Polígono Torrentfondo
08791 Sant Llorenç d'Hortons

*Para Polo,
viajero estratosférico*

MÚSICA

Cuando llegaba el verano y los niños eran pequeños, empezábamos a pensar en el largo viaje a Galicia, en todos los problemas que el viaje planteaba. Antes de nada, habría que decidir, un año más, si iríamos a la casa familiar o buscaríamos algo por nuestra cuenta. Los inconvenientes de ir a la casa familiar eran obvios y, si un año íbamos, al siguiente no nos quedaba el menor atisbo de ganas de volver. Pero buscarnos la vida por nuestra cuenta tampoco era un asunto sencillo. Había que ponerse a pensar meses antes de que llegara el calor y nos dejara atontados y sin recursos, de lo contrario, ya estarían comprometidas las casas de alquiler más interesantes. Por falta de previsión, tuvimos que pasar más de un verano en Madrid, haciendo breves escapadas a un lado y a otro.

Una vez tomada la decisión de pasar el verano en Galicia, ya fuera en la incierta casa de alquiler apalabrada hacía meses o en la agobiante casa familiar, estaba el asunto del coche. Durante aquellos años, fuimos propietarios de una sucesión de coches, a cual más quebradizo. En diferentes tramos del largo viaje a Galicia, aquellos coches se detenían, con una insultante falta de consideración sobre la posibilidad de que hubiera o no talleres de reparación cerca. O de que fuese domingo y estuvieran todos cerrados. Hubiéramos debido viajar siempre en días laborables, por el asunto de los talleres. Pero cada vez que emprendíamos el viaje, nos olvidábamos de la amenaza de la avería –bastantes cosas teníamos que resolver antes de ponernos en marcha– y nos lanzábamos a la carretera, casi siempre en domingo para evitar los camiones.

Uno de los coches que más problemas nos dio fue un viejo Saab que había pertenecido al padre de mi marido. Era un coche muy bonito, marrón metalizado, que nunca funcionó del todo bien, era el típico coche del que se decía que había salido mal. Pero nos gustaba mucho, no sólo porque tenía una línea muy elegante, sino porque era grande y cómodo. Hasta el momento, habíamos tenido un Seat 800, un Diane y un Seat 127.

En el viaje que se destaca ahora en mi memoria, uno de los inevitables y larguísimos viajes con avería, viajábamos dos adultos –mi marido y yo– y tres niños, mis dos hijos, de dos y siete años, y un amigo del mayor. No llevábamos el remolque con el pequeño velero de mi marido, que, junto con los perros, se incorporó a nuestro viaje, también con avería, del siguiente año, cuyo punto de destino fue el más lejano de todos –habíamos alquilado una casa al borde del arenal de Abelleira, junto a la ría de Muros–, y que fue uno de los veranos más tranquilos y felices de aquella época. Pero en esta ocasión nos dirigíamos a la casa familiar.

El coche estaba abarrotado, lleno de maletas y bolsas, y yo no podía evitar pensar en nuestro parecido con la popular historieta de la última página del *TBO*, «La familia Ulises», que tanta vergüenza ajena me había producido cada vez que mis ojos se topaban con ella, en aquellas remotas mañanas de domingo de mi infancia, cuando la lectura del

TBO era un rito en el que pensaba, ilusionada, durante la interminable semana colegial. Al fin, el rito se cumplía, aun cuando yo todavía tenía que esperar un poco más, mientras me distraía con cuentos también comprados en el quiosco, después de misa, porque el *TBO* no llegaba a mis manos hasta que mi hermana no lo había leído de cabo a rabo. Los dos años que la separaban de mí le concedían, entre otros, el privilegio de ser ella la primera en leer el codiciado *TBO*. Yo esperaba, resignada, algo resentida, pero sabía que al fin el *TBO* sería enteramente mío, por mucho que mi hermana se demorara, quizá para hacerme rabiar. Pero la familia Ulises me producía un gran rechazo. Era absolutamente grotesca. Siempre andaban de un lado para otro, todos juntos, niños, mayores, ancianos, animales –el pavo de Navidad, una gallina que luego serviría para hacer caldo, un loro que alguien les había regalado o encasquetado a última hora...–, camino de quién sabe qué lugar, el pueblo del padre o de la madre. Se desplazaban en una pequeña camioneta que llenaban hasta el techo, sobre el que luego colocaban toda clase de bultos, atados con cuerdas variopintas. Parecía mentira que al fin cupieran todos en aquella traqueteante camioneta –más bien era como un autobús de los de entonces, pero en pequeño– que levantaba a su paso manifestaciones de burla. La familia Ulises, evidentemente, no era un modelo apetecible. He aquí que, al cabo de los años, yo estaba representando una de las escenas más recurrentes de aquellas historietas.

Como la mayoría de los niños de la época, mis hijos tenían pasión por la música. Sus gustos musicales no coincidían, porque pertenecían a generaciones distintas, por lo que surgían inevitables peleas para establecer turnos más o menos equitativos para sus casetes. Pero en aquel viaje el pequeño era aún muy pequeño y todos nos plegamos a los dictados musicales de mi hijo mayor, y, más aún, a los de su amigo, que sentía fervor por Simon y Garfunkel.

Parecía que, entre empujones, las migas de pan de los bocadillos, las salpicaduras pegajosas de la coca cola, la música machacona, combinado todo con la eterna pregunta, ¿cuánto queda?, el viaje estaba resultando un éxito –habíamos atravesado ya Castilla–, cuando, en Verín, donde habíamos parado para tomar nosotros un café y los niños sus refrescos y sus tigretones y panteras rosas –aquellos espantosos bollos rellenos de crema de chocolate o de fresa a los que eran adictos–, el motor no quiso, después del breve descanso, volver a funcionar. Era una de las averías clásicas del Saab, por lo que no suponía una verdadera sorpresa, pero eso aún la hacía más fastidiosa, ¿cómo habíamos sido tan imprudentes?, ¡no hubiéramos debido parar!

Debían de ser alrededor de las seis de la tarde, hora más, hora menos. Un calor de muerte. Por fortuna, no era domingo y encontramos un taller. Llamamos por teléfono desde el bar, vino la grúa y se llevó el coche averiado. Mi marido se fue con él. Los niños y yo nos quedamos en el bar. Aquel rato a mí se me hizo interminable, pero no a los niños, que se gastaron todas mis monedas en la máquina de los discos, de la que una vez, por error, salió una ranchera cantada por Rocío Dúrcal que, por alguna razón, les gustó, y durante ese verano y el siguiente, el de Abelleira, siempre que íbamos a un bar la buscaban en la máquina y nunca dejaban de ponerla al menos un par de veces. Al cabo, apareció mi marido y nos comunicó que, como ya era muy tarde y había que ir a buscar no sé qué pieza a no sé qué lugar, el coche no estaría listo hasta la mañana siguiente. Había que hacer noche en Verín, lo que suponía, por encima del trastorno, un claro desequilibrio para nuestro presupuesto.

No sé si era finales de julio o principios de agosto, en todo caso no resultó fácil encontrar habitaciones. Al fin, en el parador nacional nos ofrecieron un acomodo de urgencia —eso dijeron— en un ala que aún no se había inaugurado. El parador se encontraba a unos kilómetros del centro de Verín. Tuvimos que ir al taller a coger parte del equipaje, lo que necesitábamos para pasar la noche. Los niños, no sólo sus bolsas, sino toda su música. Un gran transistor y las innumerables casetes. Un taxi nos llevó hasta el parador.

Curiosamente, las horas pasadas entre la cafetería, el taller y el taxi, con mi hijo pequeño en brazos y a veces llorando, cansado o aburrido, y mi hijo mayor y su amigo pidiéndome constantemente monedas para la gramola y jugando a perseguirse, a empujarse, a hacer rabiar al pequeño, me traen ahora un aire placentero, como si todos esos lapsos de tiempo no hubieran estado impregnados de inquietud ni de cansancio. Quizá sea porque estoy segura de que tanto mis hijos —a pesar del llanto esporádico del pequeño— como el amigo del mayor se lo pasaron muy bien y yo, con el tiempo, haya hecho mío su bienestar.

Luego, en la habitación destartalada del parador nacional, pusieron su música. El «Puente sobre aguas turbulentas», cien veces más. Tengo la vaga idea de que mi marido, a la hora de la cena, se llevó a los mayores al comedor y yo me quedé en el cuarto con el pequeño. Imagino que nos traerían algo para cenar. Cuando ya estaban los niños, los tres, en la cama, dejamos abiertas las puertas de los cuartos —no había nadie más en aquella ala, era cierto, como nos habían dicho, que aún no estaba terminada del todo y que habían preparado las habitaciones sólo para nosotros— y salimos a respirar el aire de la noche.

Recuerdo ese momento de calma en la noche estrellada y la sensación de que todo estaba en orden y que, en medio de todo, era bueno que el viaje durara tanto. Pero lo recuerdo con música de fondo, no con la que ponían en el radiocasete del coche nuestro hijo y su amigo, ni siquiera con la que, en cuanto tenía una oportunidad, ponía mi marido, las inacabables canciones de Bob Dylan.

¿Qué música suena allí, alrededor de este recuerdo? Era una música lejana, como si viniera de un merendero, de una fiesta al aire libre, una música que no tenía nada que ver con nosotros, y quizá por eso la retuve. Era una música que se dirigía a mí, hacia el centro de mi ser. Vagamente pensé, mientras me llegaban oleadas de aquella música que no era la que le gustaba a mi marido ni a mis hijos ni a sus amigos, que a mí no me había dado tiempo de saber qué clase de música me gustaba.

Aún era muy joven y no lo sabía. Sentí nostalgia por la parte de mi juventud que había dejado atrás, por fiestas al aire libre que no había vivido, por un tocadiscos instalado sobre una mesa baja en el garaje de una casa de verano una noche con olor a mar. Y me dije que había algo en esos viajes interminables que estaba bien, que me gustaba.

DOS HOMBRES

No salgo de la depresión y Jon, mi marido, decide que nos vayamos de viaje. Ya nadie sabe qué hacer conmigo. Un cambio de escenario, a veces, funciona.

Después de la muerte de mi madre, se me han ido las ganas de vivir. Siento una pena tan profunda que no puedo llamarla pena, sino dolor. Me paso el día en la cama y por las noches me instalo en el sofá. Pero no duermo. Ni de día ni de noche. Apenas pruebo bocado. Sólo lloro.

–No llores, no se arregla nada llorando –dice Jon.

–No puedes pasarte el día en la cama –dice otra vez.

Todo son negaciones, mandatos, no hagas esto, no puedes hacer esto otro, tienes que salir a la calle, tienes que esforzarte.

–¿Es que yo no cuento?, ¿no soy nada para ti? –pregunta Jon, indignado, al borde de la cólera.

No puede más. No soporta mi dolor. Quiere confiar en el viaje, en el cambio de aires.

Por primera vez, al salir de casa en dirección al aeropuerto no tengo miedo de perder el avión, da igual la hora a la que lleguemos, no siento ninguna inquietud. Voy como una sonámbula de un lado para otro.

La habitación del hotel me produce la misma sensación de frío que me han producido siempre todas las habitaciones de los hoteles. Pero es mi único refugio frente al mundo. Me quedo todo el día encerrada en la habitación. No quiero salir a la calle, no quiero bajar al vestíbulo, siempre lleno de gente. Tampoco tengo ganas de ir a la piscina y tomar el sol o nadar, no me gusta comer en los restaurantes. La gente me da miedo. Me siento terriblemente insegura, como si todos estuvieran en mi contra, espiándome, dispuestos a decirme que me he equivocado, que esto no se hace, que por aquí no es. Prohibiciones, censuras, eso es lo que hay ahí fuera.

Jon se da por vencido y hace su vida.

Yo misma lo había llegado a pensar: todo eso –el miedo– era debido a haberme pasado tanto tiempo sin apenas moverme. Pero, fuera de casa, la situación no mejora. De hecho, siento que ha empeorado, ya no tenemos esta salida, irnos de viaje.

Al cabo de dos días, regresamos a casa.

–A lo mejor –dice un día Jon– deberías alejarte de todos nosotros, no sólo de esta casa. Quizá deberías irte de viaje con una amiga. Ya hemos probado a viajar juntos tú y yo y no ha dado resultado. Quizá necesites estar sola.

Ya estoy sola, muy sola, ¿cómo va a ser eso lo que necesito? Sin embargo, Jon lo organiza todo. Llama a mi amiga Marga y le plantea el asunto. Marga le dice que está completamente de acuerdo, que debo alejarme un poco de ellos, de mi familia, recuperar algo, una especie de alegría por la vida cuyo símbolo es la juventud, una vida sin ataduras. Está segura de que este viaje me sentará bien.

Al cabo de unos días, Jon nos deja a Marga y a mí en el aeropuerto. Tomamos un avión con destino a Canarias.

Durante el trayecto, en la sala de espera del aeropuerto, mientras avanzamos por los largos pasillos, en el avión, Marga no para de hablar. No sé cómo puede vivir con ese torrente de palabras dentro de ella. Si sale de su boca, es que lo tenía dentro, ¡qué de historias!, y ¡cuántas otras cosas que no llegan ni a ser historias, retazos, atisbos, simplemente parrafadas, no siempre con sentido...! Cuanto más habla ella, menos ganas de hablar tengo yo. Marga está incapacitada para escuchar. Habla y habla y todo va quedando perfectamente claro para ella. Unas personas son así, otras asá. Unas veces pasa esto, otras, esto otro. El suyo es un mundo de colores vivos, de fuertes contrastes. Parece grande, pero es un mundo muy pequeño, un mundo que se va encogiendo mientras ella lo escudriña y lo analiza todo. Sí, ésta es la cualidad de Marga: lo reduce todo a cosas minúsculas y, a la vez, inagotables. Es lo pequeño llevado al infinito.

Como todo lo que hace Marga responde a un propósito determinado, sabe muy bien para qué estamos haciendo este viaje: tengo que curarme de mi depresión, y, naturalmente, tiene que ser un éxito. En Marga no cabe la duda. Se lo ha prometido a Jon. Y Marga es una mujer de palabra. Más aún cuando se la da a un hombre. No lo puede evitar. Aunque se declara profundamente feminista, se toma a los hombres muy en serio. Todos son prometeos en potencia. Los hombres, dice, tienen una clase de fuego, así son las cosas, el fuego es suyo, de los hombres.

Sería inútil entrar en discusiones con Marga. Cuando llega a una conclusión, cierra las puertas. ¿Y quién soy yo, una mujer deprimida, para negar que los hombres no sean dueños del fuego?

Si hay algo con capacidad de transformar, repentinamente, el mundo, ese algo es el fuego. Un árbol arde, una casa arde, y se acabó. Transforma y aniquila, pero eso es otra historia, dejemos de momento la aniquilación. Además, ¿quién teme la aniquilación cuando está hundido en el más profundo dolor?, ¡la aniquilación es un alivio! Esto era lo que Marga se proponía: que un hombre –un hombre que, por supuesto, no fuera Jon, los maridos no resultan apropiados para estos casos límite– encendiera de nuevo en mí la mecha de la vida. Ésas eran las intenciones de Marga y no hacía falta que me las comunicara ni que me las razonara, era sumamente obvio. Marga no es persona que vaya con segundas. Ella dice lo que siente, lo que piensa, y actúa con toda coherencia. A quien no le guste su forma de ser, que se aparte de su camino. Naturalmente, hay que gente que lo hace. La conocen, pasan unos días con ella, una temporada, y se van para siempre. Yo también me harto de ella de vez en cuando, pero, al cabo, nos reencontramos y recuperamos el hilo de la amistad, de no sé qué confianza básica que existe entre nosotras, como si nunca lo hubiéramos perdido.

Uno de los temas de conversación del largo trayecto hacia Las Palmas –se me hace eterno, aunque no tengo ninguna prisa por llegar– tiene por sujeto principal a un hombre, claro. Se llama Jaime Medina y nos irá a recoger al aeropuerto. Lo que se me va haciendo cada vez más claro es que hemos escogido este destino por su causa. Marga hace ahora un recuento de todos los hombres solteros o disponibles que conoce y, tras examinarlos bien, se ha decantado por Jaime. Las Palmas, en todo caso, es un buen destino.

Todos estos hombres en quienes Marga ha pensado para mi curación han sido, más o menos, amantes suyos. En algunos casos lo dice claramente. En otros, no. Y, dada la forma de ser de Marga, tiendo a pensar que si no lo dice con claridad es porque, de pronto, algo se frustró y las cosas se quedaron así, a medias. Con Jaime Medina, llegó hasta el final. Es un hombre inteligente, culto, amable. Como para casarse con él, sí. ¿Por qué no lo hice?, se pregunta ahora Marga, ¿por qué no me casé con Jaime Medina? Pues no lo sé, confiesa, con cierta perplejidad, pero básicamente desinteresada ya, hay cosas que se te borran. Ahora sólo son amigos, buenos amigos. La amistad es buena, dice, pero no tiene las propiedades del amor. Y vuelve a decirme que el amor lo cura todo. El amor, los amoríos, las aventuras. Todo eso entretiene mucho, te saca de ti misma. Te devuelve a la juventud, cuando te pasabas horas y horas preguntándote si eras correspondida o qué traje te pondrías para una cita.

El caso es que el plan de Marga funciona. Me doy cuenta enseguida, en cuanto Jaime se dirige hacia nosotras en el aeropuerto y se hace cargo de mi maleta de ruedas. Es un hombre alto, con cierto aire protector. Y, como me había anunciado Marga, muy amable, muy solícito. No sé qué le habrá contado Marga de mí y no me importa. Resulta agradable tenerlo a mi lado, me da la impresión de que está dispuesto a resolver todos los pequeños problemas que surgen siempre aquí y allá de forma inevitable. Es como un guardián.

Después de tantos años de convivencia con Jon, se me había olvidado esta sensación. Jon no es, desde luego, un hombre solícito, no sé si lo fue en el pasado, pero se ha cansado de mí y ya no puede esforzarse, no puede ser amable conmigo.

Por la noche, Jaime nos lleva a cenar a un restaurante muy acogedor, una especie de taberna. No es el restaurante más lujoso de la isla, pero tiene buen ambiente. Bebemos vino y lo pasamos bien. Cuando Jaime se despide de mí, recorre mi brazo con la mano y me sorprende la suavidad de esta caricia, ¿ha sido algo premeditado? No le digo nada a Marga porque no quiero compartir esta caricia con nadie. Me ayuda a dormir bien.

A la mañana siguiente, Marga se despierta con una jaqueca horrible. Se pasó con el vino en la cena de ayer, dice. O quizá con los chupitos. La cosa es que se encuentra fatal. Y si Marga se encuentra mal, es mejor no llevarle la contraria. Se mete en la cama y se medio muere. Allí se queda hasta que, de pronto, resucita. Cuando está enferma no puede hacer absolutamente nada. Ésta es una de las razones de que no me entienda a mí, que me he pasado la vida yendo de aquí para allá con todas mis enfermedades a cuestas. Si me hubiera dado por recluirme cuando me sentía mal, no habría salido de mi cuarto. Cuando le digo a Marga cosas así, me mira con un velo sobre sus ojos, con un velo no, con un muro. No me ve, no se cree nada de lo que le digo.

Pero yo sí la creo a ella, sé que se siente fatal. Algo le cayó mal en la cena de ayer, el vino, los chupitos, lo que sea. La cosa es que tiene fiebre. Jaime se encarga de llamar a un médico. Se trata de una gastritis, algo así. Le receta antibióticos, reposo y dieta blanda, cuando empiece de nuevo a comer. De momento, nada, agua, yogures. Qué mala suerte, murmuro, pero Marga no se hace estas consideraciones, está entregada a su malestar.

De esta forma tan casual, en absoluto planeada, pero que responde cabalmente a los propósitos de Marga, Jaime Medina se convierte en mi acompañante fiel. Está conmigo todo el día, de la mañana a la noche, como si fuera mi novio, casi como si fuera mi marido (no como Jon, sino como el más perfecto de los maridos).

Es fácil acostumbrarse a Jaime Medina. Hacemos planes muy simples, paseamos por la playa, tomamos el sol en la arena o al borde de la piscina, comemos juntos, cenamos juntos. Él está pendiente de si me dejo algo encima de la mesa –las gafas, un libro...– o sobre el respaldo de la silla –la toalla, un pañuelo, el mismo bolso...

Sonríe y dice, mostrándome el objeto olvidado:

–Pero qué despistada eres, no puedes ir sola por la vida, necesitas un asistente.

Después de cenar, no sé qué día, si el segundo o el tercero que cenamos solos, mientras, imagino, Marga está en su cuarto durmiendo o mirando la tele con los ojos semicerrados, le digo a Jaime Medina que estoy más triste que nadie, que me quiero morir.

–Si no tuviera a mis hijos, me suicidaría.

–Pero los tienes.

–Son tan pequeños, son ellos los que dependen de mí, no puedo agarrarme a ellos.

Jaime es músico, percusionista. Me explica qué significa la música para él. De repente, caigo en la cuenta de que le estoy escuchando. Ya está. Ya he salido de mí misma.

Cuando Marga se recupera, Jaime y yo ya somos una pareja establecida. Jaime posa el brazo sobre mis hombros, nos cogemos de la mano, dormimos juntos. Cuando lo veo a mi lado, en la cama, si es que me despierto por la noche, me produce un poco de asombro, un poco de incomodidad. Bueno, es mejor sentir esta leve incomodidad a sentir dolor, me digo. Jaime ha invadido mi espacio, pero ha eclipsado el dolor. Y en unos días me iré de aquí, volveré a casa.

Durante el viaje de regreso, pienso en Jaime y me pregunto si cuando me encuentre en casa seguiré pensando en él, si le echaré de menos. Marga está pálida, ha adelgazado un par de kilos, no tiene muchas ganas de hablar. Sus propósitos se han cumplido, pero ya está en otra cosa. Ahora, como es natural, sólo quiere recuperarse del todo.

Jon me pregunta qué tal me lo he pasado, pero no me pide detalles, no sé si porque sospecha algo y prefiere ignorarlo o porque no se le pasa por la cabeza la posibilidad de que yo haya tenido una aventura. Quizá sea por una mezcla de las dos cosas. Pero el caso es que me mira con aprobación, porque me nota muy mejorada. Tengo buen color y he vuelto a sonreír. Estamos muy contentos de tenerte de nuevo en casa, declara con cierta solemnidad, mientras preparo la cena para los niños, que no se apartan de mi lado.

Por la noche, Jon me abrazó. Hacía tiempo que no me abrazaba con tanta dulzura. Se diría que Jaime Medina le hubiera dado, quién sabe por qué medios, ese consejo: sé delicado, trátala bien.

Me quedé embarazada. Tenía que hacer mucho reposo. Marga me venía a ver. No le gustaba este nuevo episodio de mi vida. Estaba convencida de que Jaime Medina era el hombre apropiado para mí.

Al cabo de nueve meses, nació mi hija, Palmira. No me di cuenta de que Jon bebía más de la cuenta, de que algunas veces llegaba a casa muy borracho. Lo veía, sí, pero no le daba importancia. Las cosas iban más o menos bien. Palmira llenaba mi vida.

Alguna vez me acordaba de Jaime Medina, pero me parecía algo irreal, algo que tenía que ver con otra persona, no conmigo.

Entonces, inesperadamente, Jon me dijo que se marchaba. Se había vuelto a enamorar y quería rehacer su vida. ¿Por qué me sorprendió tanto?, ¿acaso lo consideraba un hombre acabado y me pareció una contradicción oírle decir que iba a iniciar una nueva vida? Lo que se había acabado era su vida conmigo. Él quería seguir viviendo, pero con otra mujer, en otra casa. Supongo que me dolió –son cosas que siempre duelen– pero, sobre todo, me desconcertó.

Viví durante unos meses en un profundo estado de desconcierto. Mi atención no se fijaba en nada, la vida pasaba por delante de mí y yo no me enteraba.

Marga me llamaba por teléfono, pero yo no tenía ganas de verla. Ella seguía convencida de que Jaime Medina era el hombre de mi vida y que mi larga convivencia con Jon había sido un error. Le parecía bien que eso hubiese acabado, aunque le molestaba que hubiera sido él quien le hubiera puesto el punto final. Decía: Voy a llamar a Jaime y se lo voy a contar todo, ya verás como reacciona.

No sé si le llamó y se lo contó o si no se lo llegó a contar porque no lo encontró o porque ya no lo consideró oportuno, pero no recibí ninguna llamada de Jaime. Ni la esperaba ni la dejaba de esperar, aquellos días en Las Palmas eran algo que ya no tenía ningún peso, ninguna realidad.

Por aquel entonces, yo tenía un grupo de amigas que había conocido en un gimnasio (no a todas, sino a algunas que trajeron a otras). Me venían a ver a casa algunas tardes. Solían traer algo para beber y cosas para picar.

Una tarde, me trajeron algo más, trajeron a Max Costelo, un hombre muy guapo.

Max Costelo, al marcharse, en la misma puerta de casa me dijo que me llamaría, pero no me lo creí del todo porque era el típico conquistador. Quién sabe con cuántas mujeres habría salido. A la vez, pensaba que sí, que me llamaría, porque esta clase de hombres aprovechan todas las oportunidades que se les presentan, aunque sólo sea para hacer fondo, para alargar la lista de sus conquistas. Más es más, éste es su lema.

Efectivamente, me llamó. Una de mis amigas se ofreció para cuidar a los niños mientras yo salía a cenar y a bailar con Max Costelo. Porque eso era lo que más le gustaba: bailar. Y a mí también, la verdad.

No sé cuántas noches fueron, no creo que muchas. Max Costelo hablaba muy bajo, en susurros. Yo no le entendía, no le preguntaba qué había dicho. Parecían frases de amor.

Más adelante, Max pasó unos días en casa. Se paseaba desnudo por el piso, andaba desnudo de un lado para otro, contento con su cuerpo. Vinieron a verme mis amigas y siguió desnudo.

–Oye –le dije–, ¿no puedes ponerte algo?
–De acuerdo.
Se puso un pareo.

Jon venía a casa a recoger a los niños y llevárselos un rato con él. Era un trámite que los dos cumplíamos muy deprisa.

Una tarde de primeros de verano, se retrasó un poco. Parecía cansado y sudoroso. Me pidió un vaso de agua y, quién sabe por qué, le ofrecí una cerveza. Se la bebió de un trago, me dio las gracias y se marchó, con la mirada fija en los niños. A veces, me la pedía, no siempre. ¿Tienes cerveza?, preguntaba, sólo eso, no sucedía ninguna conversación.

Casi era invierno cuando un día se dejó caer, con el vaso de cerveza en la mano, en uno de los sofás. Palmira se estaba haciendo esperar. Hacía tiempo que no veía a Jon sentado allí y yo también me senté. Había cambiado mucho. Era un poco más viejo, tenía más canas, pero el cambio no estaba en lo que se podía palpar. Había perdido aquel aire de querer solucionarlo todo de golpe que tanto me había irritado.

Ese día no ocurrió nada más, pero a partir de entonces solía sentarse un rato conmigo y hablábamos de cosas intrascendentes. Empecé a pensar un poco en él, a desear esos ratos perdidos que me mostraban a un Jon distinto, mucho más atento, más pausado, más reflexivo. Me preguntaba cómo le irían las cosas con su nueva mujer. Los niños me transmitían noticias confusas, unas veces iba con ellos –al cine o de paseo o a donde fuera– y otras no. Unas veces estaba en casa y otras no. ¿Era simpática? Se encogían de hombros. No les gustaban esas preguntas, no les gustaba verme convertida en inquisidor. Ellos tampoco eran espías.

Pero yo era consciente de que cuando Jon venía a casa, algo pasaba entre nosotros. Me preguntaba muchas cosas sobre mi vida, cosas que nunca me había preguntado.

–¿Y si lo volviéramos a intentar?

Sí, eso fue lo que preguntó un día. Pero tenemos que enseñar todas las cartas, dije, ponerlas boca arriba. ¿Qué cartas?, sonrió, éstas son todas mis cartas, tú y los niños y todos los momentos felices que hemos vivido, no hay nada más.

Me dijeron que cuando Marga se enteró de que Jon y yo habíamos vuelto a vivir juntos comentó que yo no tenía remedio y que estaba segura de que no me atrevería a contarle este nuevo episodio de mi vida. Ya sabía yo lo que ella opinaba de Jon.

Vi a Jaime Medina varios años después.

Un hombre alto y algo grueso se me acercó justo cuando iba a entrar en el restaurante.

–¿Te acuerdas de mí?

Era Jaime Medina.

Me costó encontrar dentro de aquel cuerpo el cuerpo delgado de Jaime Medina.

–¿Sigues siendo percusionista?

–Ah, eso. No, lo dejé. Soy abogado. He venido a cenar con mi mujer y un grupo de amigos.

La mujer de Jaime Medina me miró, como si quisiera medirme.

Jaime Medina, en Las Palmas, cuando le conocí, sólo hablaba de música, era el único mundo que le interesaba de verdad, y trataba de que yo lo entendiera. Era dulce y paciente, quería consolarme, hacerme olvidar que me había quedado huérfana de golpe y que a mi marido eso parecía darle exactamente igual. Durante muchos atardeceres, me salvó. ¿Todavía se encontraría ahí, dentro del hombre gordo?

Vi a Max Costelo en El Paraíso. Tenía la mano en la cintura de una de esas chicas que siempre van vestidas de fiesta. Volantes, gasas, tacones altos, bolsos dorados. Guapa. Lo reconocí enseguida, a pesar de los cambios. Estaba muy bronceado, llevaba el pelo más largo, las facciones de su cara se habían hecho más afiladas y pequeñas y estaban envueltas en finas arrugas. Pero era él. Me presentó a aquella chica –no recuerdo su nombre– y me dijo que a veces se acordaba de mí. Me pregunté si seguiría paseándose desnudo por las casas de sus novias. No era mala persona. Se sentía satisfecho de su cuerpo y quería mostrarlo, eso era todo.

«AU PAIR»

En el mes de julio de mis dieciocho años, tomé la decisión de ir a Londres a trabajar de *au pair*. El objetivo no era tanto aprender inglés como salir de casa y de España. Y también –aunque éste era un objetivo más solapado– alejarme de mi novio, que empezaba a agobiarme. Había sido un noviazgo prematuro y, por añadidura, no premeditado. Había alcanzado ese punto en el que, cuando llegaba la hora de la cita, me daba una pereza horrible y al final acudía a ella con la vaga esperanza de que todo fuera como al principio o, al menos, que yo sintiera al verle, o en algún otro momento de la tarde –eran citas vespertinas–, un resto de aquella conmoción de los primeros días, cuando todo estaba por descubrir. ¡Qué misterioso me parecía Nacho! Antes de que se produjera el encuentro, lo veía de lejos y me preguntaba qué podría hacer para que se fijara en mí. Era uno de esos estudiantes que asistían siempre a las asambleas y que conspiraban por los pasillos en pequeños grupos, entre clase y clase. Su nombre lo conocía todo el mundo. Nacho era un famoso conspirador. Incluso se sabía, o se creía saber, su nombre de guerra –el que utilizaba en la clandestinidad–, Nicolás, ¿en irónico honor al último zar de Rusia?

Todo resultó muy fácil, como en una película francesa. Simplemente chocamos en el pasillo de la facultad, ¡plaf!, un cuerpo contra el otro. Luego nos quedamos mirándonos, sonriéndonos, detenidos en mitad del pasillo. Me inspeccionó de arriba abajo, me dijo, innecesariamente, su nombre –el real, no el de guerra– y me preguntó cómo me llamaba yo. Y, nada más saberlo, lo pronunció y preguntó: ¿Tienes algo que hacer esta tarde?, ¿quieres venir conmigo al cine?

Sí, así fue, fulminante, como yo había imaginado siempre.

Nacho seguía con sus misterios. Llevaba un montón de libros en la mano, o bajo el brazo, todos forrados –para que no se vieran los títulos ni quiénes eran sus autores, ya que se trataba de libros prohibidos, de Marx, Engels y gente así–, y carpetas de distintos colores. Era muy ordenado con sus papeles y le gustaba clasificarlo todo por colores, tamaños y tipos de letra. Escribía mucho, siempre estaba haciendo resúmenes de una cosa y otra, enviaba sus artículos a periódicos y revistas que se editaban fuera de España o en la clandestinidad. Pero todos esos misterios, poco a poco, me fueron pareciendo menos atrayentes. Cuando trataba de adoctrinarme, yo me aburría mortalmente. Aún seguía pareciéndome guapo, pero cada vez menos misterioso. El misterio estaba fuera, en lo que hacía. No dentro de él.

Él tenía sus propios planes de verano, eso facilitó las cosas. Hubiera deseado cancelarlos cuando me conoció, pero sus compromisos eran sagrados. No se podía permitir ninguna debilidad, dada su reputación. Naturalmente, se trataba de planes misteriosos, viajes a lugares extraños, al Este de Europa, suponía yo.

Debió de ser en abril, un poco antes de semana santa, cuando conocí a Julie, una inglesa que estaba siguiendo unos cursos en la facultad de filosofía y letras y que buscaba a alguien que le diera clases de español. Vi el cartel en el tablón de anuncios de mi facultad, la llamé y me ofrecí como profesora. Lo curioso fue que, nada más conocernos, no se estableció entre nosotras la menor corriente de simpatía y, a pesar de eso, ninguna de las dos se echó para atrás. Fuimos muy voluntariosas.

Estaba claro que yo no le inspiraba a Julie curiosidad alguna, me miraba un poco por encima del hombro. ¿Qué razones tenía para hacerlo? Julie no era guapa. Era rubia y tenía la piel muy blanca, toda ella parecía como descolorida, desganada. Sí, creo que ésta es la palabra adecuada –desganada–, la que la describe mejor, por dentro y por fuera. Julie emanaba una sensación de gran cansancio, gran desinterés por todo. Con toda evidencia, yo no le interesaba, pero ¿quién o qué interesaba a Julie? Bostezaba continuamente, incluso se desperezaba un poco. Pero me propuso que le diera clases de conversación y acepté. Me venía bien aquel dinero. Y no me quería dar por vencida tan pronto. Julie, tan desganada, precisamente por su desgana me intrigaba un poco. Había que probar, quizá se tratase de una persona interesante. Al fin y al cabo, era extranjera. Los extranjeros no son tan fáciles de captar. Puede que a las dos nos pasara lo mismo. No acabábamos de congeniar, lo sabíamos, pero nos esforzábamos, por lo que sea, a lo mejor sin una razón precisa, sólo por no replantearnos ese pequeño detalle de las clases. A la alumna no le gustaba mucho la profesora, a la profesora tampoco le gustaba demasiado la alumna, pero no se trataba de nada grave, no merecía darle más importancia de la que tenía.

Nos veíamos un día por semana en una cafetería de la

calle Princesa. Tomábamos café y desplegábamos libros y cuadernos sobre la mesa. De vez en cuando, nos reíamos. Parecíamos dos amigas que han decidido realizar un tipo de intercambio. Si aquello era una clase, se trataba de algo informal, casi festivo.

Cuando se anunció el verano, Julie me preguntó si no querría ir con ella a Londres, donde vivían sus padres. Su hermana mayor, que tenía una casa en el campo, acababa de tener un niño y le había pedido a Julie que preguntara aquí y allá si a una estudiante española le interesaría ir a Inglaterra a trabajar de *au pair*. Era algo muy corriente. Estudiantes que trabajan en verano y, de paso, aprenden, o tratan de aprender, un idioma. Nunca se me hubiera ocurrido. Había pasado doce largos años en un colegio de monjas y no tenía ninguna necesidad de emplear mi tiempo libre en algo provechoso. Era ahora cuando empezaba a ver que la vida tenía sus lados divertidos, y muchos. Pero sí, cabía considerar la oferta como parte de esa diversión. Como una aventura. Además, ¿qué planes tenía para el verano? Ninguno. Nacho se iba a su misterioso viaje, mis padres y mi hermana pequeña, como de costumbre, pasarían unos días a la orilla del mar. Probablemente, en algún pueblo del sur. Mi hermana pequeña era demasiado pequeña para hacer planes con ella. Un día entero con mis padres me parecía una pesadilla. No estábamos de acuerdo en nada. Tendría que planear algo, irme a algún lugar, con alguien, una amiga, un grupo de amigos.

Lo cierto era que no tenía dinero. Mis padres –más bien mi madre– me daban lo justo para coger el autobús. Poco más. Algunos domingos, no todos –cuando le había sobrado algo del fondo del presupuesto semanal–, mi madre me entregaba, de forma casi clandestina, un billete para que fuera al cine. Eso decía ella: «Para el cine.» Todas mis necesidades estaban cubiertas. Desayunaba, comía y cenaba en casa. Algunas veces, incluso podía tomarme a media mañana un café en el bar de la facultad. O pagar los vinos del atardecer. Normalmente, era Nacho quien lo hacía. Pero de vez en cuando le gustaba dejarse invitar. Sonreía, satisfecho, al ver las monedas en mi mano, listas para pasar a las del camarero, como si ese gesto fuera expresión de la igualdad por la que luchaba. Igualdad esencial entre hombres y mujeres. Nacho era un feminista convencido. Apoyado en la barra del bar, solía darme largos sermones.

Nacho conocía a Julie. Algunas veces se pasaba por la cafetería de la calle Princesa donde dábamos la clase y se sentaba un momento con nosotras. Julie le caía bien. Había entre Julie y Nacho una corriente de simpatía, justamente la que no existía entre ella y yo. Cuando le comenté a Nacho que Julie me había propuesto que fuera con ella a Inglaterra a pasar el verano, trabajando como *au pair* en la casa de campo de su hermana, dijo que era una idea excelente. Se mataban varios pájaros de un tiro. Para empezar, resolvía mi verano, y, de paso, se me presentaba la oportunidad de asumir la condición de trabajadora que toda persona que se respetara a sí misma debía conocer. Por añadidura, aprendía algo de inglés. Y con Julie cerca. Una chica tan agradable. Tenía algo, era evidente. No era una chica del montón.

Del montón, eso era lo que Julie me parecía a mí. De un mal montón. El montón de los que no nos entienden. Personas indiferenciadas, que se relacionan perfectamente entre ellas y que a ti te miran con extrañeza, como si hubieran detectado, al primer golpe de vista, en virtud de no se sabe qué capacidades, una anomalía en tu forma de ser. Pero, en fin, la pasan un poco por alto. Son magnánimos, no hay por qué incidir en los defectos y debilidades de los otros. Comparada con Julie, yo era una auténtica resentida. Julie, con toda su desgana encima –que se manifestaba, sobre todo, en sus frecuentes bostezos–, parecía contenta con su vida, incluso satisfecha. No creo que los bostezos se debieran a falta de sueño. Era así, bostezaba porque le gustaba mucho dormir y, ya despierta y fuera de la cama, seguía manteniendo dentro de sí una parte dormida. ¿Para qué despertarse? Lo que veía somnolienta ya le parecía bien. Yo no era así. Siempre me fijaba en mis desventajas, no lo podía remediar. Me había pasado desde pequeña. Frente al espejo, veía una cara pálida y borrosa. Cuando me veía de lejos, reflejada en un espejo o un cristal, casi ni me reconocía. Tenía la impresión de que nadie me veía. No me veía a mí misma y no me veía nadie.

No podía decirles a mis padres que me iba a Londres a trabajar de *au pair*. No lo hubieran entendido, les habría parecido algo deshonroso. Ellos querían que tuviera una carrera universitaria y que me pudiera ganar la vida con ella. Aunque en aquel momento no me llevaba bien con mis padres, tampoco quería darles un disgusto. Si discutía con ellos, la cosa acabaría en gritos y reproches. Les dije que Julie, mi alumna inglesa, me había invitado a pasar el verano con ella. Era muy rica, les dije. Además de la casa de Londres, tenía una en el campo. Era un plan estupendo, conocería algo de Inglaterra y me saldría muy barato, sólo me tenía que pagar el billete. Tren, ferry y tren, ésa era la combinación más económica. El caso es que conseguí que mis padres me pagaran el viaje.

Un atardecer de finales de julio, me acompañaron a la estación. Se alegraron cuando me encontré con unos compañeros de la facultad. Eran de otro curso, sólo les conocía de vista. Mi madre habló con ellos y les pidió que cuidaran de mí. Que no viajara enteramente sola la alivió un poco.

Desde el andén, me dijo que me escribiría a casa de Julie. Que fuera muy educada, me recomendó, que dejara buena impresión en aquella desconocida familia inglesa. Mi hermana pequeña lloró y yo sentí dejarla sola con mis padres.

En cuanto el tren arrancó, les expliqué a mis nuevos amigos que mis padres no sabían que yo iba a trabajar, que pensaban que iba de invitada. Todos mentíamos a nuestros padres por aquella época. Ellos iban a trabajar en bares y restaurantes. Creo que no había un padre que supiera en qué iba a emplear su hijo el tiempo aquel verano. De pronto, todos parecíamos muy amigos, como si nos hubiéramos puesto de acuerdo para viajar juntos. Eran tres. Acababan de terminar segundo de económicas. Les conocía de verlos en las asambleas y manifestaciones. Ellos también me conocían a mí. Me habían visto muchas veces en compañía de Nacho. No hice ningún comentario.

Yo era la única chica del grupo. Ya no pensaba en Julie ni en su hermana ni en el recién nacido a quien debía cuidar ni en ningún otro de los enigmas que me aguardaban. El viaje en sí merecía la pena. Para todos ellos, era también el primer viaje de su vida. Sabían más o menos en qué iban a trabajar, porque tenían otros amigos que les esperaban en Londres y que les habían buscado algo. Trabajos de camareros y de friegaplatos. Intercambiamos nuestras futuras direcciones y teléfonos. Nos veríamos algún fin de semana, por supuesto.

Londres, en aquel momento, era una leyenda. Era el extranjero, aún más que París. Estaba más lejos, la lengua era mucho más difícil, el acento sonaba más raro y desconocido. Todos habíamos estudiado francés en el colegio. Teníamos, quién más, quién menos, una idea de lo que era lo francés, pero de Inglaterra y lo anglosajón sabíamos muy poco. La aventura había empezado en el mismo momento en que el tren se había puesto en marcha. Todo lo que habíamos hecho, lo que conocíamos, quedaba atrás.

Cenamos en el compartimento. Estuvimos bebiendo y hablando hasta muy entrada la noche. Ya es hora de apagar la luz, dijo alguien. Aún hubo murmullos en la oscuridad. Oía mi propia voz, fuera, mezclada con las otras. Escuchaba dentro de mí: No imaginabas que lo ibas a pasar tan bien, que, desde el primer momento, nada más salir de casa, te ibas a sentir tan a gusto, ni siquiera sabías que eras tan desenvuelta, que tenías esta capacidad para hacer amigos de forma inmediata, para hablar y reírte con personas que apenas conoces. No sólo te desenvuelves muy bien –oía yo–, sino que hasta caes muy bien, estoy segura de que cualquiera de estos chicos que están ahora contigo estaría dispuesto a tener una pequeña aventura contigo, de hecho los tres han estado flirteando, ya te habrás dado cuenta.

Pues sí, me daba cuenta. Qué buena idea había sido la del viaje. En aquel momento, estaba llena de seguridad, ¿sería que Nacho me la había ido quitando? Hacía tiempo que no me sentía así. Tener novio –no lo decíamos, no era una palabra que hubiéramos pronunciado, pero éramos novios, ¿qué otra cosa éramos si no?– tan pronto, recién entrada en la universidad, cuando aún no me había dado tiempo de saber cómo era yo fuera del colegio, parecía un disparate. Me había limitado, reducido. ¡Qué bien se respiraba allí, en el vagón oscuro del tren que atravesaba la noche hacia París, rodeada de esos chicos tan simpáticos que acababa de conocer! El que estaba a mi lado cada vez se me aproximaba más. Ni él –creo– ni yo abrimos los ojos, pero nuestros cuerpos estaban muy juntos, pegados. No dormí, ni siquiera lo intenté. Estaba atenta a la respiración acompasada y envolvente de mi nuevo amigo. Su mano se posó sobre mi cintura. Cuando nos despertamos, la retiró. Todos dijimos, sí, hemos dormido un poco, muy poco.

Del resto tengo un recuerdo confuso. Sin duda, tomamos otro tren, hasta el puerto –El Havre– de donde salía el ferry que cruzaba el Canal de la Mancha. Tengo una imagen borrosa de todos nosotros, los tres chicos y yo, en cubierta, muy abrigados, con la mirada puesta en la costa inglesa bajo un cielo nublado e inhóspito. Y luego, en el vagón del tren inglés, cuyos asientos estaban forrados de pana oscura. Parecía el escenario de una vieja película. Me veo, a plena luz del día, entrando en la casa londinense de Julie, con la maleta colgando de la mano.

La casa de Julie era un palacete grande y sombrío. Resulta que lo que yo les había dicho a mis padres un poco a voleo era cierto, Julie era rica. En aquel barrio, casi todas las casas eran como la suya, palacetes rodeados de pequeños jardines.

Pasé dos días allí. Julie ya no estaba interesada en practicar su español. Con su habitual tono desganado, no dejaba de hablar con su madre, que se parecía mucho a ella –aunque la madre era más guapa–, y a mí apenas me miraba. Cuando me hablaba, lo hacía en inglés. Pero me hablaba tan poco que no se podía pensar que me hablara en inglés para obligarme a mí a hacerlo y así aprender unas palabras, me hablaba sólo cuando tenía algo que comunicarme, por necesidad. Que si íbamos a salir, que si era ella la que salía y yo me quedaba. Lo mínimo. Se acompañaba con gestos, como si presumiera que yo era absolutamente incapaz de comprender el inglés, que era irremediablemente torpe.

Vista desde las comodidades de aquella casa londinense, España parecía un país remoto y subdesarrollado. Un país, para colmo, que vivía en una dictadura. No sé en qué me lo hacían notar, pero eso era lo que pensaban. No entendía lo que decían, pero cada vez que se referían a España el tono era inconfundible. La madre, desde luego, no comprendía el interés que su hija sentía por ese absurdo –casi despreciable– país, como no fuera por... ¡Sí!, por eso, se reía quedamente, sin fuerzas, Julie, mientras hacía alusiones más o menos veladas a las virtudes masculinas. Pero esas dos palabras yo las entendía muy bien: *latin lover*. Así que España estaba plagada de magníficos ejemplares de *latin lover*, ¡vaya!, no imaginaba yo que ésa fuera la cualidad a destacar de mi desdichado país, ni imaginaba –eso aún menos– que para Julie esa casualidad fuera esencial. ¿Para eso había querido aprender español, para sentirse más cómoda, con más recursos, en sus continuas y espléndidas experiencias amorosas?

Poco a poco, lo fui comprendiendo. La cosa era, más o menos, así: como las chicas españolas éramos muy devotas y cumplidoras de los mandamientos de la santa Iglesia católica, manteníamos a nuestros novios a una prudencial distancia física. Hasta que no se celebrara la ceremonia religiosa de la boda, todo era pecado. Nos colgábamos de sus brazos cuando íbamos por la calle y nos dábamos castos besos en las mejillas como saludo y despedida, nada más. Los pobres lo pasaban fatal. Pero allí estaban las extranjeras, que no tenían esos escrúpulos. ¡Cuánto hombre disponible había en España! En todo el tiempo que Julie llevaba en Madrid no había conocido ni a uno, ya sabes, de los otros... Más risas desganadas. La madre también se reía, y del mismo modo desganado. Bueno es saberlo, decía, aunque yo ya no... Eso también lo entendí. Los padres de Julie dormían en habitaciones separadas. Julie le dijo a su madre que tenía que ir a verla, ella sola, a Madrid, se lo iba a pasar muy bien. La madre hizo un gesto: No digas tonterías.

Al cabo de dos días de mortal aburrimiento, Julie me anunció que me iban a llevar a la casa de campo de su hermana, de la que, hasta el momento, no había vuelto a hablarme. Bueno, se produciría un cambio, ¿a mejor? Empezaba a dudarlo. Debí haberme quedado con mis amigos los camareros y friegaplatos, haberles pedido que me hicieran un hueco entre ellos. No hubiera debido fiarme de Julie, que nunca me había caído bien. Le eché la culpa a Nacho, que la miraba con tanta simpatía, ¿veía Julie en él un candidato a *latin lover?* No éramos unos novios a la antigua, pero ¿qué sabía Julie? Lo cierto es que ella era muchísimo más simpática –menos desganada– cuando Nacho estaba delante.

Minnie, la hermana de Julie, no se parecía nada a Julie. Era menuda, muy proporcionada, tenía una cara como de porcelana. El marido también era guapo. En cambio, el recién nacido era feo. Todos decían qué guapo es, qué preciosidad –eran palabras que yo entendía–, pero no era verdad. Quizá lo fuera con el tiempo, pudiera ser, pero, mientras estuve a su cuidado –una semana escasa–, era un bebé que daba un poco de aprensión. En la carita tan pequeña no le cabían las facciones. La nariz, la boca y las orejas, sobre todo, eran enormes. Los ojos, no tanto. Parecía un bebé de gnomo, algo así. En cambio, se portaba muy bien. Dormía todo el tiempo. Casi llegué a encariñarme con él y con su carita fea que se iluminaba cuando abría su gran boca para reír.

El día de nuestra llegada comimos en el jardín. Era una especie de fiesta, quizá tuviera que ver con el recién nacido, nadie me lo explicó. Nosotros –los padres de Julie, Julie y yo– éramos los encargados de aportar las bebidas, que habíamos traído de Londres. Varias cajas, entre vino, cerveza y todo tipo de licores. Fuimos recibidos con gran entusiasmo. Yo, por aquel entonces, no entendía nada de vinos –ahora casi soy una experta–, apenas podía distinguir el clarete que servían en los bares del barrio universitario del que compraban mis padres para las comidas, quizá fueran muy parecidos –mis padres no eran unos bebedores muy sofisticados, se adaptaban sin aparente esfuerzo a las calidades más bien bajas que les permitía su presupuesto–, pero, por las alharacas que hicieron nuestros anfitriones al ver las botellas de vino y, poco después, cuando lo cataron, estoy segura de que se trataba de un vino caro. Probablemente, Burdeos.

La casa de campo de la hermana de Julie, a diferencia de la de sus padres, en Londres, era una construcción moderna, sin recovecos, muy alegre. El jardín me pareció enorme. Pensé que era un regalo de los padres de Julie, ya que eran tan ricos. Empezó a venir gente. El sendero por donde habíamos llegado se llenó de coches. Minnie me llevó a conocer al bebé y luego me dijo, por señas, que me quedará allí. Cerró la puerta y se fue. Pensé: ¿Y mi maleta?, ¿quién se hará cargo de mi maleta?, ¿me dejarán aquí, abandonada, sin mis cosas? Sabía que ellos, Julie y sus padres, no querían mi maleta para nada, pero temía que, por puro desinterés, se olvidaran de ella. No podía abandonar, nada más conocerle, al bebé al que tenía que cuidar, así que no había nada que hacer.

Me asomé a la ventana, que daba a la parte del jardín donde no se celebraba la fiesta. Se oían las voces de los invitados. Ni siquiera tenía un libro para leer. Fisgoneé por el cuarto, encontré unas revistas, y me puse a hojearlas. Me quedé medio dormida.

Me despertó Minnie, que me traía una bandeja de comida y un vaso de zumo de grosella, algo oscuro, ni malo ni bueno. La comida sí, la comida estaba muy rica. Como en casa de Julie, donde las horas de las comidas eran lo mejor del día. Probablemente, fui a caer en una de las pocas familias inglesas a las que les gusta comer y donde se cocina muy bien. Minnie me sonrió ampliamente después de depositar la bandeja sobre una mesa, y me preguntó, por señas, qué me parecía su bebé. Le dije que era muy bueno, que no hacía otra cosa que dormir. Se fue, tan satisfecha y sonriente como había entrado.

Al cabo de un rato, apareció una chica –llevaba delantal, por lo que deduje que trabajaba en la casa como criada doméstica– que me indicó que ya podía irme. Me señaló las escaleras. Bajé y salí al jardín. Había, desperdigados, grupos de gente. Divisé a Julie, sentada en una gran silla de hierro pintada de blanco y cubierta de cojines, y me dirigí hacia ella.

–Voy a darme un baño, ¿te vienes? –me preguntó.

Creo que era la primera vez, desde que había llegado a Inglaterra, que Julie me preguntaba algo. Hacía una hermosa tarde de verano y sí, sería agradable nadar en aquella piscina tan limpia y tan azul. Llevaba todo el día encerrada.

Julie se puso de pie.

–Ven, te enseñaré tu cuarto –dijo.

Mi cuarto era estupendo, amplio, luminoso, bien amueblado. El mejor cuarto que voy a tener en mi vida, me dije. Y allí estaba mi maleta, sobre una mesa de tijera que parecía tener esa función: sostener maletas. Julie dijo: Voy a ponerme el bikini. Desapareció. Mientras yo indagaba dentro de mi maleta, en busca de mi propio bikini –me lo acababa de comprar, era de color azul pálido, y me había gustado nada más verlo en la tienda–, volvió Julie, ¡con qué rapidez se había cambiado! Ahora llevaba puesta una blusa de manga larga y casi transparente. Debajo, el bikini. Me dijo que ella se iba ya a la piscina.

¿Por qué habría tenido que esperarme? Me puse el bikini y, dado que no tenía una blusa como la de Julie –nunca la había tenido–, me eché encima un vestido de algodón. Bajé, descalza, al jardín –no tenía chancletas ni nada parecido, pero eso no importaba, Julie tampoco iba calzada–, y me dirigí hacia la piscina. Julie estaba sentada en el bordillo, con los pies en el agua, y ya sin la blusa. ¡Qué blanca era!, y no estaba nada delgada, eso aún me sorprendió más. Quizá fuese que el bikini le quedara pequeño, se le quedaba incrustado en el cuerpo. Es decir, en la carne blanca que parecía muy blanda, como si fuera manteca. Desbordaba por todas partes. Sobre todo, los muslos, posados sobre las losas de la piscina, me parecieron enormes. Alentada por el descubrimiento –a Julie no le vendría mal quitarse de encima unos cuantos kilos–, me desvestí y me lancé de cabeza al agua.

Mi salto no era perfecto, pero a veces me salía bastante bien. En aquella ocasión, salió. Estuve nadando de un extremo a otro, mientras me decía que eso de la piscina era una gran ventaja que habría que tener en cuenta cuando me desanimara –el agua ejerce maravillosos efectos balsámicos sobre mí– y, al salir, me encontré con la mirada del guapo marido de Minnie que, también él en bañador, casi interceptó mi paso, aunque en realidad yo no sabía hacia dónde dirigirme. Me estaba tendiendo una toalla, comprendí de pronto. Hablaba en un tono muy cordial –no entendí nada– y sus ojos –imposible no darse cuenta de eso– recorrían, con aprobación, mi cuerpo mojado. Mojados, los cuerpos están mucho mejor, ya se sabe. Y en aquel momento, después de haber visto las redondeces blancas de Julie, yo me sentía orgullosa del mío.

Aquel bikini azul pálido resume a la perfección mi satisfacción, mis ilusiones de aquel verano. Me gustaría tenerlo ahora, que aún me quedara bien, que me diera aquella sensación de confianza y bienestar que me proporcionó entonces.

Supongo que la fiesta finalizó enseguida, que los invitados se fueron, que también Julie y sus padres se marcharon, y que en algún momento, cuando cayó la tarde, volví a mi cuarto, deshice la maleta y me metí en la cama. El cuarto aún lo veo, aunque no del todo. Me gustaban los muebles, la estantería, la luces cálidas de las lámparas.

Pero los días que pasé en aquella casa no fueron tantos –sólo una semana– y no ocurrió en ellos nada que los haga destacables. El bebé dormía mucho, Minnie me indicaba, por señas, todo lo que yo tenía que hacer, si me quedaba en su cuarto vigilando su sueño o en un rincón del jardín, bajo los árboles, o si tenía que sacarlo de paseo, con ella a mi lado, casi siempre, porque a Minnie le gustaba meterse en las tiendas y nos dejaba al niño y a mí esperándola en un banco o en una cafetería. Ésa era mi función, ser una especie de ayudante de Minnie. Básicamente, ella se hacía cargo del bebé, que comía con gusto y dormía plácidamente, yo estaba allí para hacerle sentir que siempre podía relajarse un poco. En casa de Minnie no se comía tan bien como en la de los padres de Julie, Minnie no tenía cocinera –la chica del delantal se ocupaba de la limpieza y a veces hacía algo de comer, cosas muy básicas y siguiendo siempre las instrucciones de Minnie–, pero la nevera estaba siempre llena de frascos de comida, zumos, fruta. También vino blanco, al que la pareja era muy aficionada. Vino del Rin. Cuando comía con ellos, me servían una copa.

No tenía con quién hablar. La doncella era taciturna, hablaba un inglés muy cerrado y me miraba con recelo, como si no entendiera por qué ni para qué me habían contratado. En mis ratos libres, tenía tiempo de ir andando –aunque era una paliza– al centro del pueblo, pero ¿qué se podía hacer allí? Además, si iba, luego había que volver y eso ya era demasiado. Había autobuses, me dijo Minnie, pero nunca llegó a explicarme bien dónde se tomaban ni cuál era el que más me convenía. Ella no lo había utilizado nunca, siempre iba en coche.

Un día, Minnie me preguntó: ¿Qué te pasa?, ¿por qué tienes esa cara tan triste? Algo así. Tuve que hacer un esfuerzo para no llorar. Minnie siguió hablando, pero yo no la entendía. Estábamos en el jardín, tomando el té. El bebé dormía en su cuna, a mi lado. Me pareció que Minnie hablaba de su hermana –pronunció varias veces el nombre de Julie–, y del pueblo cercano y de lo diferente que era vivir allí en lugar de vivir en Londres, y de que la vida de casada estaba llena de obligaciones. Me pareció que se quejaba, no estoy segura. Quería hablar conmigo, pero yo no podía decirle muchas cosas. Jamás había estudiado inglés. Cuando trataba de hablar en inglés, me salía francés, que tampoco dominaba, pero que había estudiado, año tras año, en mi época escolar. Minnie movía la cabeza hacia los lados. No entiendo lo que dices, decía. *I don't understand, I don't understand,* ¿cuántas veces lo decíamos?, ¿quién lo dijo más veces?

No parecía un verano muy prometedor, pero no se me ocurría nada para mejorarlo. Me fui desanimando poco a poco, día a día. Podía llamar a Julie y decirle que estar allí no me gustaba nada, que me buscara otro empleo –¡en Londres!–, que me viniera a recoger. Pero ¿cabía esperar algo de Julie? Podía intentar localizar a mis nuevos amigos, y lo intenté, pero no di con ellos. No sabía una palabra de inglés, no tenía dinero, ¿adónde podía ir si dejaba la casa de Julie?

La situación se resolvió sin que yo hiciera nada por cambiarla. Fue después del fin de semana, largo y aburrido. Pasé muchas horas en mi cuarto –no tendría nunca un cuarto como aquél, pero ¿para qué lo quería?–, casi estaba deseando que llegara el lunes y tener más cosas que hacer. Cuando el lunes bajé al comedor a desayunar noté algo, un ambiente distinto. Minnie me miraba con los ojos muy abiertos, ¿quería decirme algo?, ¿había sucedido una tragedia y quería contármela?, ¿lo entendería yo? Me lanzaba miradas nerviosas por encima del periódico. Al fin, lo dobló, cruzó las manos y empezó a hablar.

Por supuesto, no la entendí. Hasta que se levantó y empezó a hacer gestos. Eso es un lenguaje universal. Me había sacado un billete de tren –me lo enseñó–, salía a las doce de ese mismo día con destino a Londres, donde tenía que tomar otro tren –también me enseñó el billete– hacia un lugar donde, en la estación, una mujer iría a recogerme. Una mujer alemana, entendí. No sé qué gesto haría para que yo entendiera eso. ¿Y qué iba a hacer yo allí –no sabía dónde– con esa mujer? Lo mismo que aquí, cuidar niños, dos niños, me explicó, por gestos, Minnie. Uno mayor que otro, pero pequeños, en todo caso.

¿Por qué?, ¿qué razón había para que yo cambiara de casa?, ¿quién lo había decidido?, ¿por qué no me habían preguntado nada?, ¿podía hablar con Julie? De toda esa serie de preguntas, ésa fue la única que hice. Insistentemente pedí que llamásemos a Julie y que me explicara mejor lo que pasaba.

Sí, claro, dijo Minnie. Julie te lo explicará.

Llamamos a Julie. Ahora resultaba que Julie casi había olvidado todo su español. A trancas y barrancas, me dijo que su hermana Minnie estaba muy contenta conmigo, pero que se iban de viaje, sí, se iban a Francia, a la Costa Azul, lo había decidido de pronto, así era Minnie, muy impulsiva, se llevaban al bebé con ellos, claro, pero a mí no podían llevarme, ya contratarían a alguien allí, tenían muchos amigos en la Costa Azul. En cuanto a mí, ya estaba todo solucionado, no tenía que preocuparme por nada, sólo seguir las indicaciones que me había dado Minnie. Habían encontrado trabajo para mí en casa de unos alemanes que tenían dos niños pequeños. Regentaban un restaurante, comería muy bien, eso seguro. Además, iba a ganar más dinero, dos libras más –a la semana– de lo que me pagaba Minnie. El barrio o pueblo donde vivían los alemanes contaba con una estación de tren con línea directa a Londres. Podía ir a Londres todas las tardes que quisiera porque cuando los alemanes regresaban a casa –un día la mujer y otro el hombre– a eso de las cinco de la tarde, yo quedaba libre. Además de disponer de los fines de semana. A partir del mediodía del viernes, podía desaparecer, si quería, y no volver hasta el domingo por la noche.

Un plan magnífico, sí. ¿Era eso lo que yo tenía en la cabeza cuando, días atrás, había salido de casa de mis padres camino de la estación? ¿Quién sabe?, quizá fuera mejor que seguir en aquel lugar tan apartado, donde lo único que podía hacer para animarme era nadar y nadar a solas.

Hice la maleta, me despedí de mi bebé y de Minnie y me senté silenciosamente en el asiento delantero del coche, junto al conductor, el guapo marido de Minnie. Fue un trayecto silencioso. Cuando llegamos a la estación, bajó del coche y me acompañó hasta el andén. Me dio la mano. No quise mirarle a los ojos porque de golpe me invadió una gran desolación y tuve miedo de echarme a llorar. Después de la despedida, me volví y vi cómo el marido de Minnie entraba de nuevo en el coche con ademanes ligeros, como quien ha cumplido con un molesto deber. Me habían mentido, estaba segura, sólo querían deshacerse de mí. Por alguna razón, yo no les había gustado. ¿No había sido lo bastante cariñosa con el bebé?, ¡el bebé, aun siendo feo, era lo mejor de la familia, con quien mejor me llevaba, no hacía falta hablarle en inglés!, ¿sería por eso, porque yo apenas hablaba inglés y habían decidido que nunca lo aprendería?

No tenía mucho tiempo para enredarme en estas tristes reflexiones, subí al vagón y me acomodé en mi asiento.

Llegué a Londres, tomé el otro tren. A las cuatro de la tarde arribé a mi destino.

Enseguida vi a la mujer alemana en el andén. Rubia, colorada, grande. Llevaba un cartel con mi nombre escrito. Ir de aquí para allá, aun sin saber idiomas, no era tan complicado. La gente se desplazaba por el mundo y yo era parte de esa corriente.

La casa de los alemanes olía a carne a la parrilla. Eso fue lo que me dieron esa noche de cena, carne, un enorme chuletón de carne roja a la parrilla, verduras, ensalada, fruta, tarta. Esa noche y todas las noches. Otra vez había caído en una casa donde se comía bien –todo era de buena calidad, muy sólido–, Minnie ya me lo había anunciado. Pero era una casa triste, lo capté enseguida. Los alemanes no eran jóvenes, aunque sus hijos fueran muy pequeños. Debían de haberse casado tarde. Comían mucho porque estaban cansados. Comer les reponía, les alegraba un poco.

Los dos, ella y él, eran grandes y robustos. Los niños –de dos y cuatro años–, menudos, pálidos, como si no fueran hijos suyos. Tenían una sonrisa sin brillo. Habían nacido a destiempo, esa impresión daban.

Los alemanes salían de casa al punto de la mañana. Me quedaba todo el día sola, con los niños. Les daba de comer, jugaba con ellos, algunas veces me los llevaba de paseo al parque. Luego todos hacíamos la siesta. Casi estaba deseando que viniera uno de los alemanes. Si era ella, se cambiaba enseguida y se ponía a cocinar. Si era él, se quedaba un rato descansando en su cuarto, pero a los niños les dejaba entrar. Les oía a los tres reírse desde mi cuarto. Finalmente, llegaba la hora de la cena, tan abundante como siempre. Los alemanes se animaban, sus caras se arrebolaban.

Mi cuarto era pequeño, la ventana daba al jardín trasero, donde me pasaba parte de la mañana jugando con los niños. Yo seguía llamando por teléfono a mis amigos del tren. Al fin les encontré. Me dijeron que fuera corriendo a verles, esa misma tarde. La casa donde vivían era estupenda, muy céntrica, estaban encantados. Londres era una maravilla. Trabajaban muchas horas fregando platos, pero compensaba.

En cuanto llegó el alemán de turno –ella–, me fui corriendo a la estación. Voy a ver a unos amigos, dije, ante su mirada de asombro. Probablemente, no podía concebir que me perdiera la fantástica comida que me esperaba. Ya en el tren, me dije que iría a Londres todos los días, ¿cómo podía vivir tan cerca de una ciudad como Londres y no conocerla? A eso me tenía que dedicar, a conocer Londres. Seguí una por una las indicaciones que me habían dado mis amigos para llegar a su casa, ¡no me había llevado tanto tiempo! Me abrazaron como viejos e incondicionales amigos, ¡qué maravilla volverme a ver!

Compartían una habitación enorme, con tres balcones a la calle –muy céntrica– y de techos muy altos. Tenían un hornillo donde cocinaban. Deja tu trabajo y vente a vivir con nosotros, me dijeron, donde vives es como si no estuvieras en Londres, ¿de qué te sirve estar allí?, ya te encontraremos un trabajo, entre tanto te prestamos dinero, por eso no te preocupes.

De nuevo en el tren, de regreso hacia la casa de los alemanes, ya no estaba tan segura. Eran unos chicos muy simpáticos y estaban dispuestos a ayudarme, pero Héctor, el chico que había dormido a mi lado la noche del tren, me había estado mirando toda la tarde de forma rara, como suplicante. Faltaban dos días para el fin de semana. Los dejé pasar, jugando con los niños de los alemanes y comiendo carne a la parrilla hasta la saciedad.

El viernes fui a la casa de mis amigos. No estaba ninguno de ellos. Había un chico nuevo, recién llegado de España, Bernardo. Le hablé de la familia alemana, de los niños pálidos y de las enormes cantidades de carne roja que consumíamos, del olor permanente de la casa a carne a la parrilla. ¿Por eso comerían tanta carne, para ver si las mejillas blancas de los niños se coloreaban? Pasé muy deprisa por los días transcurridos en casa de Minnie. Por Julie, aún más deprisa. La típica inglesa rica, dijo. Displicente. Eso mismo, dije, reconfortada.

Bernardo no había ido a Londres, como sus amigos, a trabajar, sólo iba a estar en Inglaterra un par de semanas, eran sus vacaciones. Al día siguiente se iba a Brighton a ver a un amigo que trabajaba en un hotel, haciendo camas, ¿tenía yo algún plan?, ¿por qué no iba con él?, le habían dicho que Brighton era muy bonito, era una ciudad balneario, de grandes hoteles y ferias callejeras constantes.

Brighton, sí, ¿por qué no? De lo contrario, ¿qué? Nos podemos quedar en Londres, si lo prefieres, dijo. No, nada de eso, vayamos a ver a tu amigo.

Fue un trayecto agradable. Bernardo era muy dicharachero. Al anochecer llegamos a Brighton y fuimos al hotel donde trabajaba su amigo Ramón. Acababa de terminar su trabajo. Ya había abierto todas las camas, dijo. Durante el día, no paraba de hacer camas y a media tarde empezaba a abrirlas. Estaba harto de camas. Le dolía constantemente la espalda. Era mejor fregar platos. Pero en Brighton lo que había eran camas.

Ramón nos llevó al cuarto donde íbamos a dormir. Era el cuarto de una camarera que libraba el fin de semana. Sólo tenía una cama. Le dije a Ramón que buscara un colchón para mí. Me pareció que Bernardo se ponía un poco nervioso. Salió del cuarto, como si no quisiera opinar. ¿Le habría dicho a su amigo que estaba liado conmigo?

A partir de ese momento, Bernardo se replegó. Ramón, por el contrario, se esponjó. Parecía muy relajado y comunicativo. Al principio, no me había parecido gran cosa, pero de pronto caí en la cuenta de que tenía una sonrisa muy agradable. Dimos muchas vueltas por la feria. Compramos unos cucuruchos de pescado frito con patatas. Lo que más me llamó la atención fueron las enormes instalaciones del bingo, ¿qué juego era ése? La gran pasión de los ingleses, dijo Ramón.

La noche se disuelve en el recuerdo. Bernardo durmió en el colchón tendido en el sueño. Yo, en la cama. Elevada, indiferente. Es lo único que recuerdo, esa impresión.

El sábado, como Ramón tenía trabajo, lo pasamos solos Bernardo y yo. Recorrimos los innumerables muelles de Brighton, bajamos a la playa, nos tumbamos en la arena. No era un día de bañarse. Además, yo, que al salir de la casa de los alemanes no sabía que iba a ir a Brighton, no llevaba traje de baño, pero me subí las mangas del niki hasta los hombros. Así iba siempre vestida aquel verano, con aquel niki y una falda plisada escocesa de tergal que me había comprado antes de salir de viaje. Ya estaba cansada de ella. Al final del verano, se la cambié a una amiga por la falda que ella llevaba siempre y que ya le aburría tanto como la mía a mí. Pero aún le quedaban muchos días conmigo a mi falda. Aún no había conocido yo a su futura propietaria.

No nos sobraba el dinero y comimos en un puesto callejero, de pie. No sé qué más hicimos, deambular entre los veraneantes. Al anochecer, Ramón se unió a nosotros. Entonces deambulamos los tres por la feria, como la noche anterior.

El domingo por la mañana fuimos los tres a la playa. Ramón tenía cámara de fotos y nos sacó fotografías a Bernardo y a mí. Mientras Ramón nos enfocaba, Bernardo alargó la mano y cogió la mía. Después de que Ramón disparase, me la soltó. Me quedé tan asombrada que no pude decirle nada, ni siquiera mirarle. ¿Para qué quería esa fotografía?, ¿para enseñársela a alguien?, ¿sólo para él?

Después de la fotografía, Bernardo estaba más esquivo, más callado. Había tenido un instante de atrevimiento y lo estaba pagando. A primera hora de la tarde, Ramón nos acompañó a la estación. Perdimos el tren que habíamos planeado tomar y luego tuvimos que esperar mucho rato. Cuando llegamos a Londres, era de noche. ¿A qué hora iba a llegar a casa de los alemanes? Bernardo me dijo que me acompañaría, que a él le daba igual llegar más pronto o más tarde. Aunque estaba deseando perderle de vista, le dije que sí, como si presintiera algún problema.

No sé a qué hora llegamos a la casa de los alemanes, si eran las once de la noche o las doce. Me asustó lo oscura que estaba. Ninguna luz en las ventanas. Vislumbré una sombra en la puerta. Cuando me acerqué, la vi. Mi maleta. ¿Qué hacía allí? La puerta estaba cerrada, llamé al timbre pero no se oyó ningún sonido. Quizá lo habían desconectado. ¿Cómo podía ser?, ¿es que ni siquiera querían hablar conmigo?, ¿cómo puede dejarse una maleta así, en la calle, sin acompañarla de una nota, sin la menor explicación?

Son alemanes, ¿no?, dijo Bernardo. No les ha gustado tu retraso.

¿En qué momento habían decidido meter todas mis cosas en la maleta?, ¿a qué hora exacta?

¿Te deben dinero?, preguntó Bernardo. Me habían pagado el viernes, no me debían nada. Bernardo cargó con la maleta y volvimos al tren.

Era de madrugada cuando llegamos a su piso, a aquel cuarto tan grande y lleno de camas. Aún hay una libre, dijo Bernardo. No te preocupes, añadió, yo duermo en el sofá. Todo estaba a oscuras. Encendimos una lámpara pequeña y localizamos la cama desocupada. Los durmientes protestaron, medio en sueños, ¿qué pasa?, ¿qué es todo este ruido? Nada, me he quedado sin trabajo, murmuré. Percances como ésos ocurrían todos los días. Ya encontrarían algo para mí, dijeron. Me podía quedar con ellos todo el tiempo que quisiera. En Londres había trabajos de sobra.

El único trabajo que encontré fue, otra vez, de *au pair*. Una casa muy agradable en Portobello. Un solo niño a quien cuidar. Una pareja joven. La mujer, a los dos días, me dio un montón de ropa. Siempre se estaba comprando cosas, todo en los mismos tonos muy vivos, vibrantes: naranja, verde, azul turquesa. Era pelirroja y tenía la cara llena de pecas. Le sentaban bien esos colores.

Después del desayuno, daba largos paseos con el niño. Había muchos parques cerca. Aprovechaba las siestas del niño para meterme en la bañera. Luego limpiaba la casa.

No tenía por qué hacerlo, pero lo hacía, me afanaba por que todo estuviera muy limpio y muy ordenado.

Un día ocurrió algo extraño. Había invitados en la casa. El marido, que trabajaba en la City y salía todas las mañanas encorbatado y vestido de oscuro, con el maletín colgando de la mano, era aficionado a los vídeos caseros. Apagaron las luces del salón, instalaron una pantalla y fueron pasando los vídeos. Me llamaron por si yo los quería ver. Me pareció feo negarme y fui. Escenas de felicidad doméstica. La boda. Y, de pronto, un bebé que no era el que yo cuidaba. Se trataba de otro niño, no había duda. Pero ellos, en la película, parecían los padres. Se encendieron las luces. La exhibición había finalizado. ¿Qué había pasado? Nadie me miraba y salí del cuarto. No sé si fueron figuraciones mías, pero tuve la impresión de que en el cuarto reinaba una gran tensión. Como si hubiéramos visto algo prohibido, como si se hubiera roto un tabú. ¿El niño de la película había sido un niño anterior al que yo cuidaba?, ¿qué había sido de él?

Nadie me explicó nada. La pelirroja y yo nos entendíamos por señas.

Muchos fines de semana se iban al campo, a casa de los padres de ella. Yo era feliz en la casa vacía. En los días que había pasado en casa de mis amigos, había conocido a mucha gente. Venían a verme los fines de semana. La cocina se llenaba de gente que se quitaba la palabra, mientras alguien –no yo– hacía tortilla de patatas.

Así conocí a Mónica, que había sido novia de un compañero de clase. En aquel momento, no lo era, pero luego lo volvió a ser. Mónica trabajaba en una residencia para ancianos, también en Portobello. Entre otras cosas, era la encargada de preparar las bandejas del desayuno. No nos podíamos ni imaginar, dijo, qué de variedades de desayuno tenía que preparar. Pude verlo con mis propios ojos cuando fui a visitarla. Fui muchas veces. Preparar aquellas bandejas era todo un arte. Nos hicimos muy amigas. Fue entonces cuando conocí Londres. Mónica y yo dábamos grandes caminatas. Comíamos manzanas, mirábamos escaparates. Mónica intentó robar un jersey, pero la pillaron. Nos gustaba mucho aquella tienda, repleta de prendas de lana de Shetland de todos los colores. Si tuvieras dinero, ¿cuál escogerías? Era una elección difícil. Mónica se decidió por una rebeca de color malva. Yo, por una marrón jaspeada. El dependiente le dijo a Mónica que la iba a denunciar, pero ella se puso a llorar y al final la soltó.

Vi cómo la atrapaba, en mitad de la calle. Yo había salido de la tienda y la esperaba en una esquina, porque me había puesto nerviosa pensando que ella iba a robar. No me lo había dicho, pero cuando vi con qué ojos miraba la rebeca supe lo que estaba pensando. Vi pasar a Mónica a toda velocidad, y segundos más tarde, al empleado de la tienda. La agarró por el brazo y se la llevó de vuelta a la tienda. Pensé que tendría que quedarme todo el día, en la esquina, a la espera. Pero Mónica salió a los pocos minutos sola. Había dado con un hombre muy comprensivo, casi se habían hecho amigos. No sé cómo, porque el inglés de Mónica aún era peor que el mío. Semanas más tarde, me compré con mi sueldo, en la misma tienda, la chaqueta de punto marrón que tanto me gustaba. La primera de muchas chaquetas marrones que nunca me llegaron a gustar tanto como aquélla. Fui sola a la tienda. Cuando Mónica me vio la chaqueta, me dijo que siempre había pensado robarla para mí.

Aquéllos fueron los días más felices del verano. Me gustaba la casa, los paseos por el parque, el rato que pasaba en la bañera, hasta me gustaba limpiar. Por las tardes, salía en busca de Mónica. Unas veces las dos solas, otras con más amigos, deambulábamos por Londres, mordisqueando manzanas o picoteando patatas fritas. Con muy poco dinero en el bolsillo.

Fue uno de esos días, cerca ya del final del verano, cuando hice el cambio de mi falda escocesa. Íbamos en el metro, Mónica, una amiga suya que se llamaba Pino y yo. Me gustaba la falda de Pino, era verde con un estampado de hojas, algunas otoñales. Tenía esa forma que se llamaba evasé, ajustada en la cintura y que luego poco a poco se hacía más amplia. A ella le encantaba mi falda. Fuimos a los servicios de un bar y nos las cambiamos. La falda de Pino, al cabo, se me extravió, quizá me la dejé en el armario de un hotel, otro año, en otro viaje. A Pino la volví a ver un par de veces en Madrid, siempre con Mónica. Se casó, tuvo dos hijos, se metió en la droga. Me dijeron que llegó a pincharse en el pie. Al fin, se separó de su marido, que poco después se casó con la chica que cuidaba de sus hijos. Pino se fue a vivir al pueblo de sus padres y murió, aún joven. Curiosamente, conocí a sus hijos, que, por su parte, apenas la habían conocido. No tenían ninguna relación con ella. Nunca les dije que yo había conocido a su madre, que, hacía muchos años, en el servicio de un bar de Londres, nos habíamos intercambiado las faldas.

La pelirroja me propuso que me quedara con ellos hasta Navidad. Estaban contentos conmigo. Paseaba al bebé y limpiaba la casa. En un centro estatal cercano iban a empezar, a primeros de septiembre, las clases de inglés. Ella me las pagaría. Los días se fueron haciendo oscuros. Mónica se fue. Casi todos mis conocidos se fueron.

Un viernes, sola en casa –los dueños se habían ido a pasar el fin de semana al campo, como de costumbre–, decidí largarme. Hice la maleta y me fui a comprar el billete de tren y un regalo para el niño. Escribí una nota. Lo poco que sabía escribir, lo poco que podía decir. Lo siento, me tengo que marchar.

Le echarían la culpa a Mónica, eso seguro. Creerían que yo regresaba a España por influencia suya. Nunca les había gustado. Sabían que Mónica aparecía en la casa en cuanto ellos se marchaban. Sabían que se quedaba a dormir, y como mi cama era muy estrecha y mi cuarto muy pequeño –no se podía tender allí un colchón, además, ¿qué colchón?–, cuando Mónica se quedaba a dormir ocupábamos sus camas. La vecina de enfrente debía de haber visto luz en su dormitorio y se lo había dicho, eso deduje. Siempre que se iban, cerraban su cuarto con llave. Cuando les dije que Mónica se había ido, sonrieron, aliviados.

Ahora pensarían que ella me obligaba a regresar o que yo la echaba de menos. ¿Qué sintieron cuando vieron mi nota y el regalo para el niño, un babero que llevaba estampada, o cosida o bordada con punto de cruz, una frase: I love you? Me evaporé.

No me sentía muy orgullosa de mi comportamiento, pero, conforme me fui alejando de Londres, mi mala conciencia se fue disolviendo.

El tren nocturno de París a Hendaya estaba abarrotado. Por el pasillo, una pequeña multitud de jóvenes tropezábamos unos con otros. Una larga noche. Mi mirada se cruzaba todo el tiempo con la de un chico francés, alto, rubio, que llevaba un abrigo largo. Me había comprado en Londres, además de la chaqueta de lana marrón, una gabardina azul, la de los colegiales. En cuanto se la vi puesta a una chica, la quise tener. Creo que fue mi gabardina lo que le llamó la atención al joven francés. En un recodo del pasillo, nos besamos.

Hacía calor en Madrid. Nacho ya había regresado de su misión secreta. Mis padres aún seguían en la playa, con mi hermana pequeña.

Durante una larga semana, no le dije nada a Nacho. Pero él tuvo que notar algo. No le escuchaba. La cabeza se me iba a aquellos ratos del verano en que había sido verdaderamente feliz, andando por las calles de Londres junto a Mónica, charlando con amigos en la cocina de mi última casa, mientras alguien freía patatas y batía huevos, paseando por Holland Park con el cochecito del niño, tomando el sol en un banco, camino de la residencia de ancianos donde Mónica trabajaba, llena de planes y de cosas que contar, a mis entradas en las tiendas cuando compré la chaqueta de lana marrón y la gabardina azul, de colegial, con mis ahorros. Y al tren hacia España, al joven francés que me miraba, a los besos que nos dimos. Sentía la suave piel de su cara rozando la mía. Ése era el último recuerdo.

Nacho no me pidió muchas explicaciones. Se retiró con gran dignidad. Tenía cosas muy importantes en las que pensar. No era el momento de quejarse por un amor contrariado, más aún cuando sospechas que el otro –la otra– no se lo merece, que está dando pasos equivocados, que, probablemente, acabará por convertirse en una persona irrecuperable.

Ése era el tipo de frases que se decían por entonces, las frases que estaban en el aire, a disposición de quien se atreviera a utilizarlas. Quizá fuera eso lo que al final nos distinguía a unos de otros. ¿Cómo podía saber yo quién era recuperable y quién no? Sí, creo que fue eso, mi incapacidad para resolver estas cuestiones fundamentales, mi infinita ignorancia, lo que me fue separando de ellos, de los demás.

COMIDA COREANA

Hubo un tiempo en que mi marido iba mucho a Corea. No tanto como mucho. Una o dos veces al año. Dado lo largo que es el viaje y todo lo que hablábamos de él antes y después, una o dos veces al año supone mucho. Durante una temporada de nuestras vidas, Corea estaba presente en nuestras conversaciones. La casa se llenó de recuerdos coreanos, cajas de laca con incrustaciones de nácar, de todas las formas y tamaños, baulillos, pequeños armarios, una torre de cajas superpuestas... Eran regalos que le hacían a mi marido los socios coreanos de la empresa en la que trabajaba. A él no le gustaban mucho. No le gustaba, sobre todo, el carácter coreano que había ido tomando nuestra casa con todas esas cajas y otros objetos, también típicamente coreanos, como jarrones y tazas de porcelana verde azul, desperdigados por encima de los muebles.

A mí me encantaban. Cuando mi marido regresaba de sus viajes, yo abría enseguida los maravillosos paquetes con una ilusión que me remitía a la infancia. Esas porcelanas y esas cajas de laca que aparecían entre los papeles arrugados me traían el recuerdo de la casa de mi abuela, donde había muchos detalles chinos y coreanos. Su hermana era misionera en China. Tantos años llevaba allí que la cara se le había vuelto un poco amarilla y los ojos se le habían achinado. Cuando la enviaban a España a descansar, suspiraba por volver a China cuanto antes. Había ido de aquí para allá, conocía como la palma de la mano el inmenso continente y Corea y Filipinas. Murió en Manila.

Venía a España colmada de regalos. No sé si era porque la abuela se lo pedía o si todas las misioneras tenían la costumbre de traer a su familia un montón de cosas o que ella era especial, dadivosa. La recuerdo sonriente y amarilla. Recuerdo la tapicería de flores del frágil sofá de dos plazas del cuarto de estar cubierta de pequeños regalos. Los derramó allí, ante nuestros ojos deslumbrados. Pulseras, alfileteros, fichas de marfil de un juego al que nunca supimos jugar, no teníamos las instrucciones o las perdimos... Todo muy colorido, sobre el oscuro estampado de aquel incómodo sofá que, pese a su fragilidad, tan larga vida tuvo. Al cabo de los años, fue tapizado con otro estampado de flores, esta vez de tonos claros, y con él se quedó hasta el último día de vida de la casa. Nos fuimos acostumbrando a su borrosidad, a esas flores cada vez más desvaídas, como si siempre hubiera sido así, pero en la escena de los regalos chinos la tapicería tiene un fondo negro sobre el que resaltan los colores chillones de los regalos, como si fueran joyas.

Los objetos que traía mi marido a su vuelta de aquellos viajes a Corea reavivaban en mí aquellas emociones. El misterio de Oriente, delicado y chillón, volvía a instalarse en los rincones de la casa, en su lugar de siempre. Un misterio que no era el nuestro, más aburrido y opaco. Oriente brillaba. Los colores, incluso, parecían distintos, eran otros verdes, otros amarillos, otros rojos. No tenían nada que ver con los nuestros, mucho más apagados. Eso decía la tía misionera en sus esporádicos viajes a Occidente, lo encontraba todo muy distinto. Sobre todo, el sol. Decía: Parece pintado, no quema.

Yo quería acompañar a mi marido en uno de sus viajes, todos los años nos lo planteábamos, pero, además del dinero que costaba el billete –en clase turista, aunque luego, por no sé qué acuerdos con la empresa en la que trabajaba, le pasaban a primera–, estaba el asunto de los niños, muy pequeños aún para dejarlos al cuidado de mis padres. Que durmieran en su casa tantos días seguidos y estando nosotros tan lejos era algo que, yo era consciente, les podía desbordar. No se iban a negar. Si mi padre ponía inconvenientes, mi madre se encargaría de trivializarlos, pero era una carga excesiva para ellos. Desde luego, no podrían llevarlos al colegio, que estaba en las afueras, donde nosotros vivíamos. De irnos, lo ideal sería hacerlo cuanto los niños estuvieran de vacaciones. Una amiga me dijo que ella conocía a una chica estupenda que podía ir a casa de mis padres a cuidar de mis hijos durante el día, al menos.

Finalmente, me decidí. Contraté a la chica –aunque no me pareció tan estupenda–, le di todo tipo de instrucciones, a ella y a mi madre –y muchas advertencias a mis hijos–, y volamos. Volamos hacia Corea en primera clase, en virtud del famoso acuerdo de la empresa. Un viaje interminable, ¿hubo escala en Tokio?, creo que sí, no lo recuerdo bien, sólo que en el avión dormí, comí y bebí de todo lo que me ofrecieron, y que tenía mucho espacio para mí, como si me hubiera hecho una guarida de lujo en una buhardilla.

Camino del hotel, ya en Seúl, se hizo de noche y cobré entonces conciencia de lo lejos que estábamos de casa, como si hubiéramos estado viajando varios días. Sentí una punzada de inquietud, de preocupación, ¿qué harían mis hijos? Yo estaba tan lejos que, estuvieran como estuvieran, no podía hacer nada. ¿Y por qué habrían de estar mal? A los dos les gustaba ir a casa de sus abuelos, donde hacían una vida algo distinta que en la nuestra, así rompían la monotonía y presentían la aventura en las calles de Madrid, cuando acompañaban a mi madre al mercado. A lo mejor, mis padres, o la chica medio estupenda que les cuidaba, les llevarían a jugar o a tomar el aire a la plaza del Conde del Valle Suchil.

Creo que caímos, muertos de cansancio, en la gran cama del cuarto, también inmenso, del hotel, vagamente extrañados por el tamaño de la habitación y de la cama, pero profundamente agradecidos. Eso había sido cosa de Ho, supimos por la mañana. Ho, el socio coreano, había reservado esa suite para nosotros, para celebrar, como si fuera algo bueno para todos, que el representante de la empresa española hubiera hecho el viaje acompañado de su mujer.

Mi primer día en Seúl lo pasé prácticamente sola. Como estaba muy cansada del viaje, me quedé un buen rato en la cama cuando mi marido se fue a sus reuniones y luego me aventuré por las calles cercanas al hotel. Descubrí un mercadillo callejero por el que di muchas vueltas e hice algunas compras. Sobre todo, compré ropa de verano, que me pareció muy barata, faldas y blusas de hilo y camisas de algodón –aún me quedan algunas–, volví al hotel, cargada con mis compras, y bajé luego a uno de los restaurantes del hotel, donde pedí comida cantonesa. Después de una larga siesta, subí al piso donde se encontraba la piscina, nadé, me duché, entré y salí de la sauna, me volví a duchar. Cuando regresé a la suite, mi marido acababa de llegar.

Ho, nuestro anfitrión, nos iba a llevar a cenar a un restaurante tradicional muy famoso, el más antiguo de Seúl, había recalcado, refiriéndose al edificio, una antigua posada, que lo cobijaba. Estaba encantado con mi visita porque le proporcionaba una oportunidad para mostrarse obsequioso. Su contrato con la empresa que representaba mi marido le había hecho millonario. Todas las veces que mi marido había viajado, solo, a Corea, Ho había intentado agasajarle como fuera, con cenas, espectáculos y salas de fiestas, pero mi marido es bastante esquivo y no resulta presa fácil, por lo que Ho debía de haber acumulado cierta ansiedad. Quería mostrar personalmente su hospitalidad. Regalar baulillos, bandejas y tazas no le bastaba.

Es muy expansivo, me previno mi marido. Era expansivo, sí, un hombre muy risueño. Pero más expansivo y risueño que él era el otro, su acompañante, a quien nos presentó. Se trataba de un pariente suyo, de algún pueblo del sur, que estaba pasando unos días en Seúl para hacer no sé qué gestiones. No lo especificaron. Lo que querían era sonreír. La situación me recordó una de las escasas veces que salí, siendo todavía una colegiala, con chicos en una cita formal. Salimos dos amigas con dos amigos y resultó una tarde horrible, no tanto para mi amiga –el chico que le tocó en suerte le gustó– como para mí, que apenas crucé palabra con mi acompañante. Lo intenté un par de veces, pero no una tercera. Llegué a pensar que era mudo. Aunque Ho y su primo lejano me parecieron mucho más amables que aquellos chicos, y desde luego mi marido y yo no éramos un par de colegialas que acuden a su primera cita, el grupo que formamos me remitió a aquella tarde. Tenía un aire de cita adolescente. Nadie sabía qué decir, aunque no hiciera mucha falta. Las sonrisas de nuestros anfitriones lo suplían todo.

El restaurante estaba situado en una colina frondosa. Nos hicieron descalzarnos y nos condujeron a un reservado, donde nos sentamos, en el suelo, alrededor de una mesa baja. Había sitio suficiente para las piernas, pero se me quedaban medio dormidas y necesitaba desdoblarlas y volverlas a doblar de vez en cuando y no quería toparme con las del primo de Ho, que se había sentado frente a mí y cuyas piernas parecían haberse multiplicado, por lo que me pasé toda la comida huyendo de su contacto, moviendo las piernas con disimulo para evitar ofenderle. A fin de cuentas, aquellos roces eran inevitables. Mi marido, a mi lado, debía de tener los mismos problemas con las piernas de Ho, pero, naturalmente, sus gestos y comportamiento, como ocurría con los míos, no revelaban nada. Cuanto sucedía debajo de la mesa, fuera de nuestra vista, era una historia distinta de cuanto sucedía por encima, lo que podíamos ver y, hasta cierto punto, controlar.

Cada comensal tenía asignada una camarera, lujosamente ataviada de forma tradicional, que se ocupaba de que la comida que llenaba las fuentes llegara a nuestra boca. Envolvía con mucho arte una pequeña porción de carne en una hoja de lechuga y nos la introducía en la boca. Mi marido hizo un tímido amago de rechazar el ofrecimiento –sólo lo percibí yo–, pero su frase se quedó en el aire. Era una atención que había que aceptar, incluso, agradecer. Le hubiera propinado una leve patada por debajo de la mesa, pero ignoraba por dónde andaban sus piernas y lo último que quería era que los golpecitos cayeran sobre las piernas del primo de Ho y que los interpretara como una insinuación, porque a veces yo tenía la sensación de que sus piernas buscaban las mías de forma premeditada.

Cuando, concluida la velada y de nuevo en la suite, le comenté todo esto a mi marido, se indignó con el primo de Ho, que le había caído fatal, y, desde luego, con Ho, a quien no llegaba a tener manía pero quien tampoco le suscitaba una simpatía especial. Era un pelma, ya no podía con él.

Y, encima, había llevado a la cena, sin previo aviso, a ese primo de dudosas intenciones.

A lo mejor no había habido nada de eso, quizá todo hubieran sido recelos míos, ¿no se había tropezado él, durante la cena, con las piernas de Ho? No, no se había tropezado. Era una mesa grande, había espacio de sobra.

El caso era que estábamos rendidos. Y al día siguiente, una hora más tarde de que mi marido se marchara a su reunión, me iba a venir a recoger un coche con conductor que Ho había puesto a mi disposición, sin que existiera la menor posibilidad de rechazarlo, cosa que, por otra parte, tampoco se me pasaba por la cabeza. Primero me llevaría, si me parecía bien, a la calle comercial donde podían adquirirse a un precio bajísimo prendas de seda de importantes marcas de moda. Durante la cena, este asunto de los vestidos de seda, del que una amiga muy viajera me había hablado, había salido a relucir. En esa calle había muchas tiendas, podía hacer todo tipo de compras. Luego, el chófer podía llevarme al barrio de las antigüedades a ver muebles, ya que también habíamos hablado de eso y yo había expresado mi admiración por esas cómodas y armarios llenos de puertas, cajones y compartimentos. Podía adquirirlos a buen precio y hacer que nos los enviaran por barco, no habría ningún problema.

Me parecía un plan excelente, el mejor que se podía concebir. Le quité toda importancia al asunto de las piernas del primo de Ho y dormimos en paz.

Amaneció un día radiante. El cielo azul, completamente despejado. Cuando bajé al vestíbulo, un hombrecillo arrugado y sonriente vino hacia mí. Era Kim, el chófer que me enviaba Ho. A simple vista, parecía tener muchos más años que Ho y que su primo, pero enseguida comprendí que no debía de ser tan mayor. Se movía con gran agilidad. Simplemente, era un hombre de cara arrugada. Apenas hablaba inglés, ¿cómo nos íbamos a entender?

Me abrió la puerta del coche con una inclinación. Mencionó el nombre de Ho –eso me pareció– varias veces, y adiviné que iba a seguir fielmente sus instrucciones. La calle comercial no estaba lejos del hotel. Dejó el coche junto al bordillo y me hizo unas señas. Sí, ésa era la calle, ahora bajaríamos y la recorreríamos. Él vendría conmigo.

Kim sonreía, a mi lado, indicándome las tiendas que se abrían, una tras otra, a ambos lados de la calle. Tiendas pequeñas abarrotadas de ropa. En las calzadas, muchos tenderetes. Pañuelos de seda, gafas de sol, cajas lacadas, alfileteros, una profusión de objetos típicamente coreanos que a mí me traían a la cabeza los regalos de mi tía misionera derramados sobre el sofá de flores oscuras. Yo también sonreía, dejándome acariciar por la brisa fresca de la mañana, bajo un sol cegador.

Entramos en muchas tiendas, Kim siempre a mi lado. Asentía al verme examinar los vestidos que colgaban, muy apretados, de las perchas, en busca de mi talla. Él también deslizaba la mano por los vestidos. Excelente seda, parecía decir. No sólo compré vestidos, sino pañuelos, gafas y un montón de pequeños objetos coreanos, un montón de aquellos recuerdos brillantes, rojos, azules, verdes, amarillos. Objetos chinos para mí.

Kim guardó las bolsas en el maletero del coche, más sonriente que nunca. Las tiendas de antigüedades estaban muy cerca, pero fuimos en coche. A Kim le gustaba dejarlo aparcado delante de las tiendas. Sólo entramos en dos, a pesar de la insistencia de Kim. Empezaba a sentirme un poco mareada. De todos modos, consideré la idea de comprar dos muebles. No era probable que volviera a Corea. Allí estaban los muebles que me habían gustado siempre, desde la infancia, muebles llenos de magia, hechos para guardar secretos. Los dejé reservados y le dije al dueño de la tienda que lo tenía que pensar un poco. Kim soltó una larga parrafada –de la que sólo pude distinguir de vez en cuando el nombre de Ho, si es que no lo imaginé– y los dos hombres se despidieron con grandes muestras de afecto.

Kim me hizo un gesto con las manos. Me pareció que me preguntaba si tenía hambre. Asentí. Siguió gesticulando y ya no entendí nada. Ignoraba si Ho le habría dado instrucciones a Kim para que me llevara a almorzar a algún restaurante o si le habría dicho que, finalizadas las compras, me devolviera al hotel. Yo no tenía ni idea de por dónde iban a ir las cosas. Kim enfiló una carretera y dejamos la ciudad a nuestras espaldas.

Enseguida se desveló su plan. Estábamos frente a un poblado que reproducía la antigua vida coreana expresamente construido para los turistas. ¿Instrucciones de Ho? Recorrimos juntos las calles de aquel pueblo artificial, entramos en las casas –más bien chozas–, observamos escenas que reproducían aquella vida elemental, nos detuvimos ante los utensilios y herramientas de los que se servían aquellos primeros pobladores de la península y ante los textos –en coreano y en inglés– que explicaban los pormenores de su organización social. Jamás hubiera ido, sola, a visitar un antiguo poblado, ni en Corea ni en cualquier otro lugar. Ni sola ni con mi marido. Mi curiosidad, cuando viajo, no se aventura por ahí. Tampoco se aventura por los grandes e impresionantes museos, imprescindibles para muchos. Todos esos recorridos me producen un gran agotamiento, como si mi capacidad de asimilación se averiara nada más iniciarlos. Pero ¿qué podía decirle a Kim, que se paseaba satisfecho, casi podría decirse que orgulloso, a mi lado y me indicaba todos los lugares donde debíamos detenernos para contemplar con más atención las escenas representadas? Ni siquiera si hubiese hablado su idioma, habría osado decirle que todo aquello me producía, antes que nada, un gran cansancio. Estaba siendo cortés y obsequioso conmigo, y yo tenía que corresponderle.

Terminada la minuciosa expedición, volvimos al coche. Ante el silencio de Kim, yo estaba a punto de pedirle que me llevara al hotel, porque ya me estaba imaginando en uno de aquellos agradables restaurantes que se abrían en todos los recovecos del vestíbulo y la maravillosa siesta que seguiría al almuerzo, con todas las bolsas de las compras sobre los sillones de la suite para ser luego derramadas sobre la colcha, ¡qué tarde se avecinaba! Pero, sorprendentemente, el coche se detuvo. Nos encontrábamos en lo que parecían las afueras de Seúl, en un callejón, frente a unas casas bajas de aspecto deteriorado. Ni siquiera tenían aspecto de viviendas, sino de almacenes. No se veía un alma. ¿Dónde estábamos?, ¿sería Kim una persona de fiar? Él seguía sonriendo y me invitó a salir del coche, mientras señalaba hacia la pared de la izquierda, hacia una puerta pintada de azul. Íbamos a entrar allí, sin duda, se tratase de lo que se tratase. Si el destino quería que mi vida acabara en aquel callejón de Seúl, así sería.

Kim empujó la puerta y me cedió el paso. Todos los coreanos que no estaban en la calle donde habíamos dejado el coche se encontraban allí, en un comedor donde ya no cabía ni un alfiler. Era aquí adonde Kim me traía a almorzar –¿por indicación de Ho?–, a un comedor económico que me recordó los lejanos tiempos universitarios. Aquellos menús de lentejas y filete con patatas acompañados de vino barato y, de postre, una pieza de fruta, naranja o pera. En algunas ocasiones, como gran lujo, melocotón en almíbar. En el mismo barrio de Salamanca, había un restaurante de ésos, poblado en su mayoría por obreros que almorzaban con el mono azul de trabajo puesto y algunos estudiantes pálidos, con cierta pinta de huérfanos. Las lentejas eran excelentes. ¿Sería este comedor una de las particularidades de Seúl que merecía la pena conocer?

Mi sonriente anfitrión se encontraba allí a sus anchas. Quizá fuera su lugar de almuerzo habitual y, en el colmo de su cortesía, como un detalle muy personal, había decidido mostrármelo. El camarero, tan sonriente como Kim –le palmeaba la espalda–, nos llevó a una mesa que, milagrosamente, acababa de quedar libre.

No dejaba de ser curioso estar allí, rodeada de trabajadores coreanos –en ese momento, caí en la cuenta de que no había ninguna otra mujer, ni coreana ni europea ni nada de nada–. Pero lo cierto era que, aunque me miraban, mi presencia no parecía extrañarles. Además de ser la única mujer del local, yo era rubia –me acababa de aplicar un aclarado– y llevaba el pelo suelto y largo. Las cabezas negras de los comensales, inclinadas sobre los platos, me hicieron pensar que hubiera debido dejar el aclarado para después del viaje. O que esa mañana me hubiera debido peinar, al menos, con el pelo recogido. El chófer, sentado frente a mí, no se daba pausa para llevarse los palillos a la boca. Por fortuna, yo sabía utilizarlos. No con la pericia con que los manejaba el resto de los comensales, pero al menos lograba sostener entre los palillos porciones de comida de tamaño razonable.

Acabamos enseguida. Todo había sucedido muy deprisa. Creo que ni siquiera nos habían llegado a preguntar lo que queríamos comer. Kim y el camarero, como es natural, habían hablado en su propio idioma, por lo que yo no me había enterado de nada. Dada la naturaleza del local, quizá hubiera un menú fijo, un menú del día. Kim sacó del bolsillo unos billetes muy arrugados, los contó despacio, y se los dio al camarero con la más amplia de sus sonrisas. Mientras nos encaminábamos hacia la puerta, sorteando las mesas y a sus bulliciosos ocupantes, Kim, delante de mí, iba saludando a sus conocidos, a un lado y a otro. Todos tan risueños como él. Sonreían, le saludaban y seguían comiendo. Lo hacían todo a la vez.

Cuando salimos a la calle, me impresionó la quietud, el silencio. Y el sol radiante, tan cegador como la luz de neón que inundaba el comedor, ya fuera de nuestra vista.

En la puerta del hotel, Kim apretó con fuerza mi mano e hizo una especie de reverencia. Yo, en cierto modo, también hice una reverencia, porque sentí que tenía que estar a la altura.

En el cuarto, canturreé y hasta bailé, mientras iba sacando las compras de las bolsas. Luego me eché en la inmensa cama y me quedé dormida.

No recuerdo cómo fueron los otros días que pasamos en Seúl. Me veo andando entre los puestos callejeros de aquel mercado que encontré por sorpresa el primer día y al que volví otras veces, o por los túneles del metro, también colmados de tiendas, o deambulando por el amplio vestíbulo del hotel, descubriendo nuevos restaurantes y bares. O en la piscina, nadando, o en la ducha, sentada en una banqueta, como las otras mujeres. Se estaban horas sentadas en la banqueta, enjabonándose el cuerpo y la cabeza, aclarándose minuciosamente, volviéndose a enjabonar.

Sé que Ho se enfadó con el chófer por haberme llevado a comer a aquel lugar tan poco elegante. Y que mi marido se enfadó con Ho porque, en su opinión, el fallo era suyo. Tendría que haberle dado a Kim instrucciones muy precisas sobre el lugar en el que hubiéramos debido almorzar. Probablemente, Kim me llevó al único comedor que conocía. Debió de haberle dado alguna vuelta al asunto y al final se decidió por lo conocido. La comida era de fiar, los precios también. No se lo consultó a Ho, la solución era buena.

De regreso en Madrid, mi marido aún se enfadó mucho más con Ho. No sé cuándo, le dije que aquella mañana en que el chófer había ido a recogerme al hotel, yo me había preguntado, nada más pisar el vestíbulo, al salir del ascensor, cómo me iba a reconocer el chófer, cómo, sobre todo, le iba a reconocer yo a él, y eso era algo que, retrospectivamente, aún me preguntaba, porque el chófer se me había acercado con su gran sonrisa, sin dudar, ¿sería que Ho le había descrito con gran precisión cómo era yo? Quizá le había dado una clave para que pudiera reconocerme fácilmente, ¿cuál sería?, Ho sólo me conocía de un rato, ¿en qué detalle revelador se habría fijado?

–¿Quieres decir que el chófer fue solo, que no te lo presentó Ho?, ¿es eso lo que me estás diciendo?, ¿estás segura? –me interrumpió mi marido.

–¿Cómo no voy a estar segura? Ho no estaba en el vestíbulo, ¿no me habías dicho que estaba reunido contigo?

–Sí, pero estuvo ausente durante un rato –musitó mi marido–. Yo estaba seguro de que había ido a acompañar al chófer al hotel, creo incluso que me lo dijo... Pero ¿cómo te fuiste con alguien a quien no conocías de nada?, te ha podido pasar cualquier cosa...

Mi marido había empalidecido. Quizá yo también palidecí un poco. Tenía razón, ¿cómo me había dejado llevar de aquí para allá por un extraño que me había abordado sin más ni más en el vestíbulo del hotel? No le había pedido ninguna credencial, nada que pudiera confirmarme su identidad. Sólo cuando habíamos llegado al callejón, después de haber hecho todas las compras, había sentido una punzada de inquietud. Pero en el momento de entrar en el coche, mientras Kim sujetaba la portezuela, estaba lejos de sentir desconfianza. Me encantaba ese plan.

Pero no había pasado nada. Nadie me había raptado. El chófer lo había enviado Ho y era una persona de fiar, aunque luego hubiera metido un poco la pata al llevarme al restaurante económico del callejón donde probablemente realizaba sus comidas diarias. Quizá, dijo mi marido, había querido impresionar a sus colegas dejándose ver con una mujer tan estupenda como yo. En otro contexto, sus palabras me hubieran sonado a broma, pero parecía tan enfadado que no dudé de que lo decía en serio. Hubiera querido agradecérselo, pero no era el momento.

En el siguiente viaje a Corea, mi marido pretendía echarle a Ho un buen rapapolvo. Cada vez que recordaba el dichoso episodio, se ponía furioso. Con Ho y, de paso, conmigo.

Pero no pudo decirle nada a Ho. Días antes de que mi marido aterrizara en Seúl, Ho se esfumó. Dejó todos sus negocios. Como llevaba trabajando desde que era niño, debía de tener ya mucho dinero ahorrado. Se había ido. ¿Adónde?, preguntó mi marido. Adónde, no se sabía, pero sí con quién: con una chica de dieciséis años. Ho era un hombre en plena cincuentena, tenía mujer y dos hijos. Era un hombre guapo, recordé.

MACARENA

Después de pasar muchos años sin vernos, Pablo Campos me miraba, al otro lado de la mesa del restaurante, como si todavía estuviéramos en el instituto y fuésemos los amigos inseparables que fuimos. Nos habíamos reunido, por iniciativa de Juan Palacios, un grupo de ex alumnos del Instituto Alfonso X el Sabio, más conocido, simplemente, como El Sabio, para celebrar los años que pasan, las navidades que pasan, aunque aquélla, la de aquel año, aún estaba por llegar, faltaba una semana. Era un momento de comidas y celebraciones.

Hacía años que no asistía a una de estas comidas. Y Pablo, por lo que me dijo, también llevaba acumuladas varias ausencias. Finalizada la comida, un poco superados por la cantidad de alcohol ingerida, salimos a la calle, nos despedimos de todos y echamos a andar sin rumbo, emparejados, como en los viejos tiempos. Pablo ha sido siempre muy hablador, algo fantasioso, siempre tenía algo que contar y lo hacía despacio, con mucho detalle.

Ya ves que he ido a incrementar el bando de los separados, dice, haciendo referencia a la división en tres grupos que Juan, para dejar las cosas claras cuanto antes, había establecido al principio del encuentro: solteros, casados y separados. Hay una chica por ahí, añadió, pero nada serio. En fin, he vuelto al principio de todo, a la soledad.

Miro a Pablo, andando a mi lado por la calle, y, si no le hubiera conocido en su juventud –¡incluso en su adolescencia!–, pensaría que es un viejo conocido que se me ha pegado para darme la murga, un jubilado que quiere pasar el tiempo como sea, aburriendo a amigos y enemigos, a parientes cercanos y lejanos, a todo aquel que tenga la mala suerte de cruzarse en su camino. Anda un poco encorvado, tiene el pelo completamente blanco, gesticula mucho. La verdad es que tiene cierto aire de loco, aunque la bufanda de cachemir y la chaqueta de buena lana –no lleva abrigo– le confieren una vaga elegancia. Es así, definitivamente: a su manera, un hombre elegante. A fin de cuentas, la elegancia es una categoría muy vaga.

Pablo Campos era un chico un poco raro, más bien callado, un poco apartado de todos. Un chico sensible, eso se decía, como gran cosa, lo más significativo, de él. Gran cosa que, como se sabe, es siempre pequeña cosa, una ironía. Se decantó por la arquitectura. Lo normal, en aquel contexto, era aspirar a ingeniero, ya fuera de Canales y Puertos –de tono algo aristocrático–, de Caminos, de Industriales o de Minas –la más original, de un leve excentricismo–. Yo mismo empecé una de estas carreras, aunque no llegué a terminarla y eso me sitúa ahora un poco al margen del grupo de los ex alumnos del Sabio. Porque además soy uno de los dos únicos componentes del grupo de los solteros. El otro, Julio Gracia, no ha asistido a la comida.

Durante el almuerzo, todos me han preguntado cómo surgió en mí esta vocación que me hizo abandonar la carrera de ingeniero cuando sólo me faltaban unas asignaturas para terminarla. De dónde saqué, en fin, la afición por la fotografía. Es algo que, salta a la vista, mis antiguos compañeros de instituto no acaban de entender. No entienden mis retratos, no entienden que sean tan alabados. A ellos, eso está claro, les parece que son muy alabados, demasiado. Naturalmente, no merecía la pena discutir por eso. Ni darles la menor explicación de cómo me fui metiendo en este mundo a la vez que iba saliendo del otro. Así que desvié la conversación hacia asuntos menos personales, lo que fue muy fácil, porque, en el fondo, me habían hecho la pregunta por cortesía, por demostrar un interés que no sentían.

Nos topamos con el letrero de un bar y decidimos tomar café. La tarde, al fin, está perdida. Es un local acogedor. Pedimos café y whisky. Nos recostamos en las butacas, frente a la mesa baja donde el camarero ha depositado las bebidas. El bar está prácticamente vacío. Parece que hay otros clientes al otro lado de una pared, pero no podemos verlos. Oímos sus voces muy amortiguadas. Es sólo un rumor. Por encima de las voces, suena una melodía de jazz. Resulta que Pablo, en todos estos años, se ha convertido en un verdadero experto en jazz, lo que no acaba de extrañarme. Yo sé algo, muy poco, pero esgrimo mis escasos conocimientos para seguirle la corriente. Me llama la atención la transformación repentina que ha experimentado Pablo. Hace unos minutos, estaba en la calle con aspecto de jubilado desorientado, perdido, desasistido, y ahora sus ojos brillan y las palabras brotan de sus labios con entusiasmo. ¿Era así antes?, ¿cambiaba tan radicalmente de aspecto, de humor? Puede que sí.

Hablamos de jazz como si no tuviéramos en realidad nada más que decirnos, pero, al fin, Pablo vuelve a mencionar su nuevo estatus de hombre separado. Te acuerdas de Macarena, ¿verdad?, me pregunta. Sigue siendo una mujer muy guapa, afirma.

Mientras va dando pequeños sorbos a su vaso de whisky, Pablo evoca ese tiempo en el que aún no se había decidido la separación. Yo recuerdo muy bien la belleza pálida de Macarena Uría, y recuerdo, y el mismo Pablo lo está diciendo ahora, que tenía una salud muy delicada y pasaba por épocas de depresión. Era una mujer que inspiraba deseo de protección. Se lo había inspirado a Pablo y me lo había inspirado a mí, pero cuando se casó con Pablo decidí quitármela de la cabeza.

Los tres hijos que habían tenido, dos chicas y un chico, ya eran mayores. Y Macarena, francamente, estaba muy mejorada. Parecía haber dejado atrás aquellas sombras que se apoderaban de ella por temporadas. En noviembre del año pasado se habían cumplido treinta años del día de su boda. Treinta años, dice Pablo, suspirando y mirando hacia el fondo del vaso. Decidieron celebrar el aniversario con un viaje a París. A Pablo las cosas le iban bien, no nadaba en la abundancia, pero había realizado proyectos interesantes y tenía buenos asuntos en perspectiva.

No se les ocurre ir a París por casualidad, aclara Pablo, sino porque uno de estos asuntos en perspectiva es un edificio de viviendas en el extrarradio parisino, un proyecto de lo más atractivo, y el promotor le ha dado a Pablo una cita. Es más, el promotor corre con los gastos del viaje, el billete de avión en clase business y un hotel céntrico que, aunque tiene sólo tres estrellas, es como si tuviera cuatro. Es un hotel francamente agradable, eso es lo que dice, en un e-mail, el promotor. ¿Qué más se puede pedir?

En cuanto Pablo recibe el billete y la confirmación de la reserva del hotel, encarga el billete de Macarena, también en clase business, naturalmente. Envía un e-mail al hotel diciendo que irá acompañado, con el objeto de que la habitación reservada sea doble. La dirección del hotel le contesta diciendo que no hay problema, que se le ha reservado una suite. Todo, en fin, parece perfecto para celebrar treinta años de matrimonio.

En esos largos treinta años, como es natural, ha habido malos momentos, incluso malas épocas, pero ¿quién las recuerda ahora? Macarena tiene –me recuerda Pablo, como si hiciese falta– ese aire algo etéreo y algo inasequible de las neuróticas, y él se cree enamorado de ella. Está muy ilusionado con el proyecto parisino. Su hijo Gonzalo, que también ha estudiado arquitectura, trabaja en el estudio con él. Su hija María tiene una rara facilidad para dibujar, y ya está en el último curso de bellas artes. Vicky, la pequeña, quiere ser actriz, pero aún es muy joven, sólo tiene dieciséis años, y es una chica muy lista y muy inocente a la vez, Pablo no encuentra la palabra adecuada para describir a su hija Vicky. Sólo acierta a decir que es estupenda. Estupenda, en todos los sentidos. E incluso si acaba siendo actriz, seguirá siendo estupenda. Hoy hay peligros y riesgos por todas partes, no sólo en el mundo del cine y del teatro. Sobre todo, para las chicas, que son más vulnerables, piensa Pablo, aunque él confía en el profundo sentido común de su hija Vicky, su predilecta.

Pablo es, en ese momento, un hombre casi feliz. Y si aún utiliza esta pequeña partícula, este «casi» tan minúsculo, es, simplemente, por precaución, porque no le gustan las afirmaciones rotundas.

Da un largo trago a su whisky, como para proporcionarse ánimos.

Bien, ya están en París. El hotel les gusta mucho. La habitación es muy amplia –¡una suite!– y desde el balcón se ve el pequeño patio de la entrada, retranqueada, bordeado de maceteros. Macarena deshace la maleta, cuelga la ropa en las perchas, llena el armario, reordena la estantería del cuarto de baño. Es una particularidad de Macarena, aunque antes no la tenía. Se ha ido volviendo escrupulosamente ordenada. Si no tiene orden a su alrededor, se viene abajo. Pero a Pablo eso no le molesta, ¿cómo le iba a molestar? Macarena lo ordena todo sin obligarle a él a nada, no se queja de su desorden, casi se diría que lo prefiere así, y que al arreglar el caos que, inevitablemente, Pablo crea mientras avanza el día, se siente útil, necesaria, una de esas mujeres organizadas, capaces de hacer que la vida sea más sencilla y agradable para todos.

El primer día en París es estupendo. Hace frío, pero vienen bien preparados con abrigos y bufandas, incluso boina, en el caso de Macarena, quien, por cierto, está muy guapa con boina. Cenan en un restaurante próximo al hotel, frente al mercado de Saint-Germain, toman luego una copa en un bar, mezclados con un montón de jóvenes y creyéndose, de golpe, muy jóvenes también, aunque en el primer momento se paralizaran un poco. Se sienten muy felices de estar en París, de haber tenido la idea de viajar a París a celebrar su aniversario. Aunque la fecha exacta del aniversario fue la semana pasada, da lo mismo, lo están celebrando ahora.

En la mañana del segundo día, Pablo acude a la cita con el promotor parisino. Se despide de Macarena después del desayuno y, aunque lleva cada uno su teléfono móvil para poder comunicarse en cualquier momento, se dan, entre ellos, una cita aproximada: alrededor de la una del mediodía en Les Deux Magots, ese café mítico.

Yo no sé todo lo que hizo Macarena esa mañana, dice Pablo. Luego me contó que simplemente había estado paseando, que entró en algunas tiendas, que hizo unas compras, que se tomó un café –un capuchino– en la terraza de un bar, esas cosas. No fue a ningún museo, eso no, Macarena no soporta los museos. La cosa es que llegó a Les Deux Magots un poco antes de la hora acordada. Como la terraza estaba prácticamente llena –al parecer, sólo había pequeños huecos entre las mesas–, decidió pasar al interior del café. Y allí fue donde la vi, dice Pablo, frente a una jarra de cerveza de tamaño medio –Macarena había temido que el camarero, que no le había preguntado de qué medida quería el vaso, hubiera optado por llevarle uno pequeño, por el hecho de ser mujer, Macarena siempre está pensando en cosas así–, inclinada sobre unas hojas de papel y muchos, muchos rotuladores, rotuladores de todos los colores, sobre la mesa de mármol. Concentradísima.

Pablo se detuvo para mirarla bien. La reconocía, claro –era Macarena, eso no podía negarse–, pero, a la vez, le pareció una mujer extraña. Una mujer sin edad, absorta en un mundo carente de interés. Esa mujer se había desligado de su vida. El largo pasado en común se acababa de evaporar.

No puedes imaginar, dice Pablo, mientras apura el contenido de su vaso, la sensación de liberación que me invadió. Como un barco que suelta las amarras. Sin embargo, no podía marcharme, tenía que ir hasta su mesa y sentarme a su lado. No podía dejarla sola, durante horas, durante todo el día, en Les Deux Magots, esperándome. Las personas no desaparecen de tu vida sin más ni más.

Macarena levantó los ojos y le hizo una seña.

Pablo avanzó entre las mesas, sin saber bien qué iba a pasar ni de qué iban a hablar. Voy a pedir un martini, dijo, después de sentarse. ¿Un martini a mitad de mañana?, ¿no es algo demasiado fuerte?, dijo ella. Sí, necesito algo fuerte, contestó Pablo. Mira el menú, dijo Macarena, me parece que no está en el menú. Eso da igual, dijo Pablo. El camarero se acercó a ellos con su casi imperceptible sonrisa. Pablo pidió su martini. Dry martini cóctel, especificó. Lo cierto es que el camarero pareció un poco desconcertado, pero anotó el pedido en su libreta. Luego miró la jarra vacía de Macarena y le preguntó si quería otra cerveza, y Macarena dijo que ella también tomaría un martini, lo cual descolocó un momento a Pablo, como si la petición de Macarena significara arrebatarle a él su bebida.

¿Qué tal han ido las cosas con el promotor parisino?, preguntó Macarena. Parecía un hombre razonable, le dijo Pablo, un hombre de lo más normal. Se habían entendido muy bien, mañana tendrían otra reunión con más gente para estudiar todos los detalles, pero la de hoy había sido una buena introducción. Incluso ese hombre, Jean-Paul, al final de la reunión, le había propuesto que se fueran a tomar algo en un restaurante cercano –se encontraban en los Campos Elíseos–, pero él había dicho que había venido a París con su mujer y que, naturalmente, iba a comer con ella. No había mencionado el aniversario de bodas, no le había parecido oportuno, ¿qué le podía importar eso a él? Macarena estuvo completamente de acuerdo. Había hecho muy bien en guardar silencio sobre eso, era un asunto que sólo les incumbía a ellos, un asunto íntimo.

Entonces fue cuando apareció el camarero con los martinis. Pero las bebidas que descansaban sobre la bandeja no tenían nada que ver con el clásico dry martini. Se trataba de dos vasos grandes –como para agua o refrescos– llenos de líquido transparente tirando a amarillo con una rodaja de limón flotando en la superficie.

Y ocurrió una de esas situaciones que pertenecen, por derecho propio, al mundo del teatro, dice Pablo, soltando una breve risa. Todos hablaron a la vez. Pablo, con una indignación que no era propia del caso, declaró reiteradamente que el dry martini era un cóctel internacional y que todo el mundo sabía cómo se hacía y en qué copas que servía. Macarena explicaba en tono más bien humilde y en su balbuceante francés en qué consistía exactamente el dry martini. El camarero decía que las bebidas que llevaba en la bandeja consistían en martini blanco con unas gotas de ginebra. Precisamente lo contrario del dry martini, replicó Macarena. La indignación de Pablo se fue incrementando, por mucho que se esforzara por mantener la calma, lo cual aún resultaba más chocante, porque se expresaba con suma seriedad, como si se tratara de un asunto de gran trascendencia. El camarero dijo que se llevaría los martinis, que pidieran otra cosa, lo que quisieran. Macarena, rápidamente, pidió champagne, y Pablo, aún en medio de su exacerbación, asintió, con perplejidad, porque la idea de Macarena era muy acertada, era una buena salida de la situación.

El caso fue que se tomaron, finalmente, dos copas de champagne cada uno. Macarena, mientras bebían el champagne, le dijo a Pablo que no acababa de entender por qué se había puesto así, ése no era un comportamiento propio de él, casi nunca protestaba en los restaurantes cuando algo no era de su gusto, y si lo hacía, empleaba un tono respetuoso y educado y, desde luego, no insistía, no se perdía en consideraciones teóricas y de altos vuelos. Pablo se defendió: no había advertido el gesto del camarero, que quedaba en un ángulo de difícil visión para él, un poco a sus espaldas, y, quién sabe por qué, había interpretado mal las pocas palabras que el camarero había pronunciado. Pablo creía que el camarero se había obstinado en afirmar que las bebidas que descansaban sobre la bandeja eran auténticos dry martinis. No, le replicó Macarena, el camarero ha dicho desde el principio que se llevaría las bebidas, que no pasaba nada, que lo lamentaba, que pidiéramos otra cosa. No era fácil, en todo caso, establecer el orden en el que habían sucedido las intervenciones de cada cual. ¿Qué más daba?, la cuestión era que él había perdido el control de forma inusitada y eso era lo que le atormentaba mientras comían en un pequeño restaurante muy agradable de la calle del Dragón que Macarena había localizado en su paseo matutino.

Naturalmente, me dice ahora Pablo, ya ante su segundo whisky, yo sabía cuál era la causa de mi exacerbación. La culpa la tenía Macarena. Mejor dicho: no es que tuviera la culpa, sino que era la causa.

Macarena era la verdadera causa de mi ira, de todo aquel extraño e inadecuado discurso que solté sobre el maldito dry martini, dice Pablo, convencido y aún asombrado. Cuando la vislumbré, tan instalada en su mesa de Les Deux Magots, con la guía de París, el pequeño bloc de notas del hotel y todos esos rotuladores de colores sobre la mesa y la boina aún encasquetada en su cabeza y, sobre todo, aquella gran sonrisa de satisfacción, tuve ganas de marcharme, de salir corriendo. Esa mujer me había amargado la vida y allí estaba, tan contenta, como si nada, desbordante de inocencia y felicidad, indiferente a todo, flotando en la vida como un corcho. He vivido pendiente de ella, de sus jodidas depresiones, de sus angustias y temores, pero ella ha salido de todo eso y se ha convertido en la mayor egoísta que ha pisado la tierra, ¿por qué tengo que seguir a su lado?, ¿sólo porque llevamos viviendo juntos la friolera de treinta años?, ¿es ésta una razón?

Todo esto que te digo, dice Pablo, no me lo dije exactamente así, con estas palabras, mientras avanzaba hacia Macarena en Les Deux Magots, pero sé que eso fue lo que sentí, ese conglomerado de emociones. Una liberación, sí, porque Macarena ya no tenía ningún peso en mi vida, puede decirse que ya no me importaba nada, era una mujer que se las arreglaba sola perfectamente, como muchas otras mujeres que pululan por ahí y a quienes no se me ocurre ni mirar. Me sentía liberado, pero, vaya, ahora no tenía más remedio que seguir con el juego –se rió malévolamente–, el juego del matrimonio. Por eso pedí un dry martini, necesitaba una bebida fuerte, como comprenderás. La cosa no era para menos. Habíamos ido a París a celebrar nuestro aniversario y de pronto descubro que lo que más deseo es cortar con todo eso, ¿qué se hace en una situación así? Pedir un dry martini, para empezar. Y cuando ves que no puedes tomártelo, te indignas, vamos, es muy poco lo que pides, un maldito dry martini, sólo eso.

Pablo se ríe de nuevo. Muy suavemente, complacido.

A lo largo de todo el día, Macarena me fue pareciendo cada vez más estúpida, dice Pablo, una tarada. Mucha neurosis, mucho desequilibrio, pero todo era cuento, todo era una coartada destinada a encubrir su estupidez congénita, su absoluta falta de vuelos, su incapacidad para salir de sí misma. Una tarada, repite, con la risa aún en la garganta, que suena como un pajarillo que hubiera quedado atrapado allí.

Esa revelación, por supuesto, lo cambió todo. El viaje de aniversario dio un vuelco, se convirtió, para Pablo, en una especie de rally, en una prueba. Lo aconsejable, ya que estaban en París, era disimular, pero a veces no podía, a veces le salía, incontrolable, un pronto de ira, como le había sucedido en Les Deux Magots. ¿Se daba cuenta Macarena? Ésa era la cuestión. O no. Macarena ya no era la cuestión. Hasta allí habíamos llegado. Había que dejar de pensar en Macarena. Llevaba años, ¡treinta!, pensando siempre en Macarena. Aunque si tenía que ser sincero, y ahora quería ser sincero en este asunto, no había pasado todo el tiempo de esos treinta años pensando en Macarena. Es decir, quizá sí había pensado en ella, pero no siempre de forma amable y bondadosa. En un lugar muy oscuro de su conciencia se había albergado la idea de que Macarena era insoportable, una mujer insufrible. Sí, la rebelión se había ido gestando poco a poco, a lo largo de aquellos larguísimos treinta años que habían venido a celebrar a París.

Y, bueno, para decirlo todo, también había corrido alguna aventura. Lo típico, una compañera de oficina, una secretaria... Chicas muy jóvenes. Chicas dinámicas, animadas, divertidas. Si en lugar de encontrarse en París con Macarena, se dijo Pablo, estuviera con Cecilia, con quien todavía se citaba de vez en cuando, ¡qué bien se lo estaría pasando! Cecilia no se quejaba jamás, siempre estaba contenta y era incansable a la hora de hacer planes. Pero nunca había viajado con Cecilia, ni a París ni a ningún otro lugar.

En todo caso, el viaje tenía una parte muy buena. El proyecto de viviendas en la periferia parisina le ilusionaba de verdad, era una pica en Flandes, no todos los arquitectos son invitados desde otros países a realizar este tipo de empresas, a contribuir a cambiar el concepto de la periferia parisina, como le había dicho el promotor. Se sentía tan íntimamente satisfecho, tan halagado, que el desagradable asunto de Macarena y el final de su matrimonio pasaba a un segundo plano. No la quería, de acuerdo, podía, incluso, decirse que la odiaba –aunque sólo a ratos, tampoco había que exagerar–, pero ya no era un asunto urgente. Merecía la pena tomarse las cosas con tranquilidad. Plantear la cuestión en el momento oportuno. Éste no era el momento. Había cosas muy buenas en las que pensar, y París es París.

Ésa fue la mentalidad con que Pablo acudió a su reunión del día siguiente, mientras Macarena volvía a deambular por París. Quería seguir el curso del Sena, dijo, bajar hasta el muelle, dar una vuelta por la Cité y luego, eso, caminar y caminar por la orilla del Sena hasta cansarse. Comería algo ligero en alguna parte y volvería al hotel a echarse la siesta, ya que la reunión de Pablo hoy se preveía más larga. Allí estaban los teléfonos móviles para comunicarse entre ellos si es que había cambio de planes.

Cuando Pablo llamó a Macarena, ella ya se encontraba de vuelta en el hotel. Eran las cinco de la tarde. La reunión había finalizado a las tres, después del almuerzo, pero Pablo había dado un paseo por los Campos Elíseos y se había tomado luego una copa en la terraza de un bar. No un dry martini, desde luego. ¡Qué libre y feliz se había sentido en aquella franja de tiempo que les robaba a todos, que sólo era para él, para saborear el éxito de la reunión, su éxito! Le habían tratado con el mayor respeto, con una consideración a la que, francamente, no estaba acostumbrado, casi como si fuera una eminencia. Quizá lo suyo fuera el extranjero, un ámbito al que no llegaban los efectos del gran deporte nacional, la envidia. Le había costado, pero allí estaba, al fin.

Que no me llame, se dijo, pensando en Macarena, que me deje disfrutar de este rato de libertad. Luego, tomó un taxi y fue al hotel.

Macarena se acababa de despertar de la siesta. No le había llamado, aunque ya empezaba a impacientarse. En todo caso, Pablo se sentía agradecido. Si Macarena hubiera sido una mujer más equilibrada y él no hubiera tenido que vivir tan pendiente de ella, las cosas habrían ido muchísimo mejor, pero ya era tarde. Quizá era una pena, porque lo cierto era que Macarena había cambiado mucho. Ya no se quejaba todo el tiempo de cualquier cosa, lo que fuera, no ponía esa cara como de estar a punto de llorar. Ahora sonreía y arreglaba la habitación canturreando. Ya había encontrado un sitio donde cenar, un restaurante que recomendaban las guías, una taberna de cocina tradicional francesa a la que, además, podían ir andando desde el hotel.

Pablo se echó un rato sobre la cama, mientras sentía el ir y venir de Macarena por el cuarto, ¿qué demonios estaría ordenando? Luego cesó todo movimiento y todo ruido.

Creía que nunca te ibas a despertar, dijo Macarena, ¡qué sueño más profundo!, dabas unos ronquidos tremendos. ¿Ronquidos? A Pablo le molestó muchísimo que Macarena mencionara sus ronquidos, como si se tratara de una debilidad imperdonable. Enseguida comprendió que lo que le molestaba de verdad era quedarse tan profundamente dormido, tan indefenso, al lado de Macarena. Que ella hiciera un comentario sobre sus ronquidos implicaba que tenía una clase de dominio sobre él, algo completamente inadecuado, injusto. Ay, se había propuesto tomarse las cosas con calma, pero no sabía si lo iba a conseguir.

La taberna escogida por Macarena estaba abarrotada. Habían reservado mesa, por fortuna. Pablo estudió la carta de vinos con atención. Macarena observó que a su alrededor todos bebían el vino de la casa, el bordelais recién sacado de las bodegas. Parecía inapropiado pedir un vino de reserva en un lugar como aquél, comentó, pero Pablo le dijo que era muy saludable ceder a un capricho de vez en cuando, ¿es que había que comportarse siempre de acuerdo con lo que hacen los demás?

Bien, Pablo elige, al fin, un buen vino, un Saint-Émilion de un año especialmente bueno. Sí, se concede ese capricho. Está viviendo un momento muy especial. Está sentado sobre una zarza ardiente, siente el calor que precede a la explosión, al incendio, en el centro de su cuerpo. Está muy nervioso, no sabe si va a poder contenerse, si va a acabar diciéndole a Macarena que ya no puede más, que se ha estado frenando, controlando, durante años y que ha llegado a un límite en el cual no sabe qué puede pasar, ya no tiene las riendas, las emociones le superan, ese agudo, arrollador rechazo hacia Macarena. Hasta tiene ganas de contarle su reciente y aún no finalizado lío con Cecilia, le gustaría ver la expresión de asombro en sus ojos, no, él no es un hombre acabado, es un hombre a quien las mujeres jóvenes consideran muy atractivo, se lo ha dicho Cecilia y no es la única que lo ve así, él mismo lo nota. No quiere echar a perder todas esas posibilidades.

Quiere beber y que pase lo que tenga que pasar. Ya no es responsable. Por eso ignora la mirada de censura de Macarena cuando le hace el pedido del vino al camarero. Sabe que cosas como éstas –pedir un vino caro en una taberna– siempre la han sacado de quicio. Algo más que eso. Son cosas que le entristecen profundamente. Así es Macarena. Da una importancia tremenda a asuntos completamente triviales. Dios sabe de dónde le viene esta tendencia, pero está muy arraigada en ella, es parte de su ser. En cierto modo, la compadece. Sin duda, consciente de ser como es, Macarena ha luchado por dar a las cosas pequeñas su verdadero valor, y se sigue esforzando, pero a Pablo aún le cuesta, aún le duele todo eso. Es digna de lástima, sí, pero Pablo ya no la soporta. Él también se ha esforzado por comprenderla, por ayudarla, por darle todo su apoyo, pero lo cierto es que le irrita profundamente, cada vez le irrita más.

Así que, en cuanto llega el vino, Pablo se sirve con generosidad, después de servirle a Macarena con algo menos de generosidad, ¿acaso ella no prefería, aunque no lo hubiera llegado a expresar, un bordelais? Los platos tardan, de forma que beben y beben. Pablo, naturalmente, el doble, por lo menos, que Macarena. Pero este vino no tiene ningún riesgo, sienta de miedo. Llegan, al fin, los primeros platos, y la verdad es que los devoran.

Los segundos también tardan mucho. Pablo ha pedido *confit de canard*. Macarena, que quería pescado, se ha puesto en manos del maître, que le ha recomendado trucha. Siguen bebiendo. Pablo pide una segunda botella de Saint-Émilion. Y he aquí que llegan los segundos platos. Sorprendentemente, el *confit de canard* consiste en una gran salchicha con guarnición de manzanas asadas. El plato de trucha es un buen lomo de un pescado. Puede tratarse de una trucha gigante, claro. Pablo, mientras mira la salchicha, se pregunta si no debería protestar. No una protesta airada, sino decirle simplemente al camarero que él había pedido *confit de canard*. Tiene toda la pinta de tratarse de una confusión, ¿desde cuándo el *confit de canard* tiene forma de salchicha? Pero aún recuerda el episodio del día anterior en Les Deux Magots. Se ve a sí mismo declamando, furibundo, aquella inapropiada filípica sobre el carácter internacional del famoso cóctel. Algo completamente ridículo, fuera de lugar. ¿Y si en esta taberna preparan el *confit de canard* en forma de salchicha, si resulta que ésta es una especialidad de la casa? Todo esto lo piensa en un segundo de estupefacción mientras contempla la salchicha y siente los ojos de Macarena, llenos de temor, clavados en su cara, pendientes de su reacción.

Bueno, esto es muy raro, se dice Pablo, pero no pienso protestar. Después de lo que me pasó ayer, no voy a decir nada. En los labios de Macarena se dibuja una amplia sonrisa de alivio. Nos hemos evitado una escena, parece expresar. El caso es que a Pablo la salchicha le sabe exquisita. Debe de ser la especialidad de la casa, porque aquí y allá, sobre las mesas, se ven muchos platos como el suyo, la gran salchicha con la manzana troceada y dorada.

Y están terminando ya sus platos, la trucha que ni sabe ni tiene aspecto de trucha y el *confit de canard* que tiene, asombrosamente, forma de salchicha, cuando el camarero trae los segundos platos a los comensales de la mesa vecina, una pareja de orientales, un hombre que no para de hablar y una mujer que sonríe y asiente. El hombre, en cuanto ve el plato que le pone el camarero ante los ojos, hace un casi violento gesto de rechazo, ¡no es esto lo que ha pedido!, ¡él ha pedido *saucisson*, la especialidad de la casa! Pablo y Macarena se miran a los ojos y lo comprenden de golpe y a la vez: el plato que le han servido a su vecino es *confit de canard*. A la mujer le han puesto trucha, pero ella no protesta. El camarero le pregunta si le parece bien su plato y ella dice que sí. Luego, el camarero le susurra al hombre algo al oído, y el hombre mira a Pablo durante un segundo, pero enseguida aparta los ojos de él y sigue con su incesante monólogo. Todo vuelve a su curso.

Un error, una equivocación que ellos, Pablo y Macarena, han asumido con naturalidad, como dos paletos, como gente que no sabe lo que es el *confit de canard* ni la trucha ni nada de nada. O son unos ignorantes o unos amedrentados y no se sabe cuál de las opciones es la menos mala. No pasa nada, se dicen, unas veces se protesta y otras no, unas veces se queda mal ante desconocidos y camareros, ante los pobladores de un país extranjero... Es inevitable, ¿a quién no le ha pasado algo así? Se sobreponen como pueden, tratando de atenerse al lado cómico de la situación –si es que no todos los lados son cómicos–, y piden el postre, hay que ir hasta el final. Un helado de almendras para Macarena y tarta de chocolate para Pablo. Se preguntan qué pondrá en la cuenta. *Confit de canard* y trucha, dice Macarena, es lo que hemos pedido, lo que ellos han anotado, tienen que seguir esa norma, lo contrario sería reconocer el error, cuando nosotros no hemos protestado.

Llega la cuenta. Efectivamente, los segundos platos son *confit de canard* y trucha. Macarena rechaza el gesto del camarero para ayudarla a ponerse el abrigo. Sale a la calle con el abrigo colgado del brazo.

Pablo bromea sobre la cena, se ríe, y camina despacio y habla en voz baja, pero se siente humillado, furioso. Esta mujer, vuelve a pensar, esta absurda Macarena Uría, le ha amargado la vida, le ha hecho ser como no quiere ser, como no es. ¡Ha hecho el ridículo por su culpa! No frente a los camareros y el vecino de mesa, no sólo frente a ellos, sino frente a sí mismo, ¡se ha convertido en un ser ridículo, en una persona que no es capaz de enfrentarse a la realidad, en un cobarde, en suma! Entre el episodio de Les Deux Magots y el de la taberna, está el famoso punto medio, lo que él debía ser por la fuerza natural de su personalidad, pero Macarena le está haciendo perder los papeles. ¡Toda la vida así, pendiente de no herir su maldita sensibilidad, pendiente de sus temores y de sus angustias! Ella ha mejorado, eso salta a la vista, pero él está hundido, se ha convertido en un pelele, un muñeco de trapo.

Esto es lo que me cuenta, entrecortadamente, mi viejo amigo Pablo Campos, después de la comida de ex alumnos del Sabio, mientras consume un whisky tras otro en este bar que hemos encontrado por azar y donde se escucha jazz como música de fondo. Hace un mes que se ha separado de su mujer. Ha sido un proceso lento y doloroso. Ya no piensa en los años que ha compartido con Macarena, en todo lo que ella, como comprendió, de golpe, en París, le había ido quitando. Ya no piensa en todo lo que él ha tenido que ceder para protegerla y apoyarla. Todo eso es agua pasada. Da igual adónde haya ido, qué molinos pueda mover ahora. No el suyo. Ahora tiene muy presente en la cabeza el lento proceso de la separación matrimonial.

Al regreso de París, entró en una etapa de indecisión. Se preguntaba si todas aquellas sensaciones no habrían sido fruto del momento, de unas circunstancias anómalas. París se le había subido a la cabeza. Los halagos del promotor, el proyecto del edificio de viviendas, tan atractivo, la amabilidad de todos los colaboradores... Todo eso había sido insólito, no estaba acostumbrado a ser tratado así. La perjudicada había sido Macarena. Siempre ocurre así, siempre es la persona más cercana quien carga con los platos rotos, aunque éste no fuera, precisamente, el caso, no había platos rotos, ¿o sí los había? Ésa era la sensación que había tenido en París: que los platos rotos estaban atrás y que ya no quería acarrear con ellos, quería desprenderse de todo peso, necesitaba sentirse ligero. Pero, ya en Madrid, los platos rotos no pesaban tanto. Macarena no estaba todo el rato pegada a él. ¿No sería posible iniciar una convivencia más distanciada, más británica, si puede decirse así? Por lo demás, el proyecto parisino le absorbía por completo, e, indudablemente, tendría que hacer muchos viajes a París, éstos ya solo, por supuesto, viajes estrictamente de trabajo, e incluso era muy probable que tuviera que pasar unos días allí, quizá todo un mes. Eso ya se lo había adelantado, en la primera reunión, el promotor. Bien, podía hacerse esta prueba. Vidas un poco separadas. Vidas en las que pudieran caber otras mujeres, Cecilia, la que fuera. Y sí, aún seguía viendo a Cecilia.

Macarena y Pablo empezaron a tener grandes conversaciones, como si los dos estuvieran impelidos a analizar el pasado a la vez. Podían pasarse toda una noche hablando, sin dormir. Fue así como se decidió la separación, en una de estas noches en blanco. Aunque, una vez decidida, el debate no se zanjó. Otra noche, decidieron seguir adelante, unidos, con muchas condiciones. Macarena lloró. El mismo Pablo llegó a llorar. Los hijos se enteraron de la crisis de los padres e intervinieron de la forma en que los hijos intervienen, con caras largas y silencios opresivos, con un extraño juego de apoyos a uno y a otra. Pablo pasó un par de semanas en París y, de regreso, buscó un apartamento. Se inició el trámite de la separación. Si tardó en mudarse fue porque tardó en encontrar apartamento. Con los hijos no había problema de tutela. Eran mayores, seguían en la casa materna porque allí estaban sus cuartos, llenos de sus cosas, habitados, pero no se había producido ninguna ruptura con ellos. Pablo veía a Gonzalo todos los días en el estudio, a sus hijas no las veía tanto, desde luego, pero hablaba por teléfono con ellas frecuentemente, casi todos los días, sobre todo con Vicky, su preferida. Eran estupendas, unas chicas fuera de serie, le apoyaban, le animaban en todo, estaban pendientes de él, ésa era la verdad, aunque los tres vivían con Macarena, sí, querían mucho a su madre, eso era evidente, bueno, lo uno no quita lo otro, aunque a él no se lo decían, claro que no, a él no le hablaban nunca de Macarena. ¡Qué suerte habían tenido con sus hijos!, eso no se podía negar.

Bueno, así están las cosas, dice Pablo. Vivo en un minúsculo apartamento en la calle Juan Bravo, algo provisional. Así son las cosas. Me separé, ya no podía volverme atrás.

Lo dice con una voz súbitamente débil, sin firmeza.

Después de más de treinta años de vida familiar, ahora se encontraba solo, sin nadie durmiendo junto a él, sin nadie al llegar a casa, un piso minúsculo y vacío. ¡Qué extraño que la vida cambie tanto!, suspira. Cuando menos te lo esperas, ocurre algo y todo da un vuelco. Todo por culpa de ese viaje a París, por querer celebrar un poco a lo grande –ésa era nuestra medida de lo grande– los treinta años de casados. Las cosas hubieran explotado de cualquier modo, qué duda cabe, pero el viaje a París había ayudado, lo había acelerado todo.

En París lo vio con toda claridad: treinta años al lado de Macarena le habían anulado. Sí, el viaje a París había sido definitivo. Los martinis fallidos de Les Deux Magots habían sido definitivos, ¡la salchicha, sobre todo, había sido definitiva! Podía decirse así, ¡se había separado de Macarena por una salchicha, por una simple salchicha!

El caso es, dice Pablo, que la salchicha estaba buena, muy buena, riquísima, a decir verdad. Era la especialidad de la casa, muchas personas la habían pedido, no había más que echar una ojeada a los platos de las otras mesas, tenía un sabor especial, y, combinada con esos trozos de manzana asada, tostada, ¡qué manjar!, no he probado nunca nada igual. Así que si la llego a devolver, me habría perdido ese sabor, me habría perdido la experiencia de la salchicha. Parece un precio un poco alto, ¿no?, concluye Pablo, con una medio sonrisa.

Ésa es la frase que sigue pronunciando hasta que, al fin, salimos del bar y nos despedimos. Me vuelvo un poco para verle, para observar los andares un poco vacilantes de este hombre maduro y elegante, tan aficionado a demorarse en todos los detalles de la vida, y me pregunto, porque no he dejado de preguntármelo mientras escuchaba el largo y pormenorizado relato de su ruptura matrimonial, cómo será ahora Macarena. Cómo ha sido. Me pregunto si durante los treinta largos años que duró su matrimonio ha tenido aventuras o si le ha sido perfectamente fiel a Pablo.

Le llevábamos dos años, Pablo y yo. Parecía una chica

mucho más joven que nosotros. Pero estaba llena de secretos. Te miraba a los ojos y, no sé, sabías que podía suceder algo, que, en cierto modo, ya había sucedido algo, aunque tú te hubieras quedado fuera, pero ella lo había vivido, se había entregado.

DESPACIO

Mi querida Elena:

Hace un par de horas que he llegado a casa y ya me pongo a escribirte. Después de un viaje tan largo, sin apenas haber dormido, y con el equipaje a medio deshacer, me ha invadido la necesidad de dirigirme a ti. No quiero que las emociones se desvanezcan tan pronto, no quiero que la rutina que me aguarda y que poco a poco, minuto a minuto, me irá atrapando, se lleve la agitación que ahora siento, una agitación que aquí resulta extraña, más extraña aún, porque cuando salí de casa, hace un par de meses, mi pulso latía a su ritmo habitual, ese ritmo que, por conocido, apenas percibimos. Si allí me extrañé del nuevo palpitar de mi corazón, aquí se ha redoblado mi extrañeza, se ha multiplicado por mil… Todo me extraña, Elena, porque, de pronto, soy yo la que resulta extraña, profundamente ajena a todo esto.

No te lo creerás, pero, finalmente, me traje el vino. Después de todo lo que dijiste de él, no podía dejarlo. Al final, ya con la maleta cerrada, volví a abrirla e hice un hueco. Metí la botella de vino, protegida, primero, por la bolsa de papel, y luego por otra de plástico, entre la ropa, ¡qué desastre si se llega a romper! Pero ya ves, me arriesgué, así de persuasiva eres. No estabas allí para decirme que de ningún modo podía dejar ese regalo, pero fue como si estuvieras. Te veía mirando la bolsa de papel con el ceño fruncido.

¿Es que no te vas a llevar el vino?, casi te podía oír.

Estoy en el patio, es muy pequeño, como un dedal, ya te hablé de él.

A un lado, está la fuente. El agua rebasa la pila. A los lados, pegadas contra el muro de la casa, hay macetas con plantas. Escribo sobre una mesa de hierro forjado. La silla es recta, de madera pintada de rojo. Mi patio, mi mundo. Esta vieja casa de pueblo de la que me encapriché hace años. Siempre había soñado, te lo dije, con vivir en un pueblo. Es un pueblo que se ha quedado atrapado dentro de la gran ciudad. Mi casa, de tres plantas, es modesta, muy pequeña. Está llena de recovecos, de muebles, de alfombras, de cuadros, de lugares donde sentarse, de cojines. Hay libros y revistas por todas partes. A veces, pienso que está demasiado llena de cosas, pero no me decido a prescindir de nada. Sin embargo, la casa está ordenada. Todo tiene un sitio, su sitio. Camila, la mujer de la limpieza, ama esta casa tanto como yo. Viene temprano, limpia, ordena, lava, plancha y cocina. Cuando estoy sola, hago las comidas en la mesa de la cocina. A veces, como te dije, viene mi vecino Matías a comer. Entonces pongo la mesa del comedor. Me gusta mucho esta ceremonia, me gusta poner el mantel, los platos, los vasos, los cubiertos. Me gustan las mesas bien puestas, que sirvan para que la comida sepa mejor. Soy un poco coleccionista de platos, eso no sé si te lo dije, tengo muchos, de diferentes estilos, de cerámicas diferentes. Nunca pongo una mesa igual que otra. Cada mesa es única, una invención.

Llamar mi vecino a Matías es no decirlo todo. Nos pusimos de acuerdo para comprar las casas, una junto a la otra, a la vez. Es un vecino muy particular, no sé si te lo llegué a explicar bien. La situación es curiosa, pero va funcionando. Los dos hemos salido ya —y más de una vez— de otras historias. Tenemos hijos, hasta podríamos tener nietos. No en común, claro. Cada uno por su cuenta. No queremos volver a ser una familia, preferimos ser amigos, vecinos. Es algo en lo que los dos estamos perfectamente de acuerdo.

Este equilibrio estuvo a punto de romperse. Este viaje lo ha trastocado todo. Tú fuiste testigo. Mientras doy breves tragos a mi copa de vino, mientras bebo despacio, como tú decías siempre que hay que beber, me pregunto, sin poder dar respuesta, qué hacer con todo eso, dónde encajan los días que acabo de vivir y que ya parecen muy lejanos. Y presiento que si no hablo de ellos con alguien, si me los guardo para mí, aún se alejarán más, hasta desvanecerse. Pero aquí nadie podría escucharme. No sé si Matías presentirá algo cuando me vea. Es un hombre muy sensible, pero muy despistado también. Él sería la última persona a quien le haría una confidencia así, ¿qué ganaría con eso?

Mi cabeza está llena de escenas, de emociones que se suceden unas a otras. Ya no distingo las horas, las mañanas se me confunden con las tardes, las noches se enlazan unas con otras.

Por eso te escribo, Elena. Para hacer revivir los días pasados, para seguirlos paso a paso, minuto a minuto, recordar cuándo sucedió una cosa y cuándo otra, qué sutil cadena de acontecimientos nos fue enredando hasta llegar el momento en que nos dimos cuenta de que estábamos atrapados. Él y yo. Aunque la que de verdad se quedó atrapada fui yo. Sigo atrapada.

A ti te lo había dicho desde el principio, Elena, cuando, sin saber cómo, empezamos a hacernos confidencias como si nos conociésemos de toda la vida, a pesar de que apenas había transcurrido una hora desde nuestro encuentro. Te dije que ya no me interesaba esa clase de juegos, ¡cuánto cansan las emociones!, ¡qué peso insoportable en el corazón! Eso te dije, Elena, mientras tú sonreías con cierto escepticismo, aunque me dieras la razón. ¿Quién, en su sano juicio, está interesado en el amor?, eso decías. Y te llevabas a los labios la copa de vino que ibas consumiendo despacio, muy despacio. Tenías todo el aspecto de ser una mujer muy sabia, como si hubieras vivido mucho y ya lo hubieras aprendido todo.

La idea de pasar en aquel lugar unos días de descanso no había sido mía. Era una invitación que me habían hecho y que, al principio, me sorprendió. Pero luego me lo pensé un poco más. No me venía mal ese descanso después de una intensa gira de dos meses. Era una oportunidad para recuperarme de una larga temporada de excesivo trabajo, si sumaba a los dos meses de mi recorrido por Europa los anteriores, en los que no había tenido ni un minuto de respiro. ¿No necesitaba unas vacaciones, unos días de verdadero retiro, fuera del mundo, fuera del vertiginoso ritmo que imponen las ciudades? Pues allí estaba, eso era lo que me ofrecían, campo, un hotel magnífico, paz, comida sana, buen vino también, aunque el vino fuera accesorio para mí, porque no soy bebedora.

(En este momento, sí, lo soy. Una bebedora que se toma las cosas con calma, que va dando pequeños sorbos a la copa de vino, como me recomendaste, Elena.)

El paisaje te gustará mucho, me dijeron. Así fue. Esa mezcla de tonos verdes y amarillos resultaba tranquilizadora. Me asomé a la ventana de mi habitación y me quedé un buen rato contemplando la extensión de los terrenos dedicados a la vid. Hacía poco que se había hecho la vendimia.

No colgaban racimos de uvas de las parras, las hojas eran doradas. No voy a pensar nada, me dije, quiero que mi mente se quede completamente en blanco, limpia.

Cuando te dirigiste a mí –creo recordar que fue al salir del comedor–, me preguntaste si era actriz. Casi aciertas. A fin de cuentas, también soy actriz. Toda persona que trabaja sobre un escenario debe saber actuar. Pero lo mío es la voz, ése es mi don, que debo cuidar y proteger porque es un don delicado. No me fue concedido con generosidad, sólo un poco, un atisbo. Pero sé que está ahí, por eso lo cuido mucho. Te presentaste a ti misma y me presentaste a tu grupo. Erais el equipo de una película. Rodabais en un castillo cercano que finalmente no visité. Pensaba hacerlo, pero luego me desvié de mi objetivo. Nada resultó como había planeado. Probablemente, habría adivinado a qué os dedicabais si me hubiera fijado en vosotros, pero muchas veces estoy ciega, muchas veces miro a mi alrededor y no veo nada. Es cuando estoy muy cansada y lo único que me preocupa es cuidar de mi don, tan frágil.

A partir de aquel momento, me uní a vuestro grupo. Teníamos muchas cosas en común. Me saludabais en cuanto me veíais entrar en el comedor o donde fuera y me invitabais a sentarme con vosotros. Ya siempre reservabais un sitio para mí. Menos cuando ibais al rodaje, siempre estaba con vosotros. Especialmente, con Bernard Hutot, el joven actor francés. Su amplia sonrisa me recibía desde el fondo de la sala, en el porche, en el jardín, al borde de la piscina. Empezó a perseguirme esa sonrisa.

Fue entonces, poco más o menos, cuando se unió a nuestro grupo otra persona, el hombre del vino, así le llamábamos antes de que se nos acercara y así le seguimos llamando después, cuando no se encontraba entre nosotros, a pesar de que ya conociéramos su nombre: Carlos

Escoriz. (A él le debo el vino que ahora estoy consumiendo lentamente. Nos sorprendió al final con los regalos y ahora me alegro de haberme arriesgado a meter la botella en la maleta. Tú lo dijiste, Elena: un vino así no podía dejarse. De todos modos, envolví la botella muy bien.) Él estaba allí por el vino. Ésa era su profesión, no sé si catador o sumiller o enólogo. Un entendido, eso era. Incluso su ocio se lo dedicaba al vino. Ahondaba en su estudio para entenderlo y saborearlo al máximo. Cada vez que se sentaba a la mesa del comedor, pedía una nueva botella. Algunas veces, varias. Le servían los vinos en distintas copas y las mantenía sobre la mesa durante toda la comida. Bebía muy poco, pequeños sorbos.

El hombre del vino nos abrió un nuevo horizonte. Nos adoctrinó sobre los vinos de la bodega, nos empujó a probarlos y a disfrutarlos. Se relajó el ambiente, como resultado.

Me he refrescado la cara con agua de la fuente. Nunca me ha molestado el calor, estoy acostumbrada a él, pero hoy me pesa. Bajo el toldo, el aire se ha espesado, pero necesito la protección del toldo. El sol quema. Sin embargo, me mantengo fuera de casa, en este pequeño territorio al aire libre, tan preciado para mí, como si creyera que, al entrar en casa, pudiese perder lo que deambula por el espacio, lo que dejé allí, tan lejos.

Vuelvo a la sonrisa del joven actor francés, a su forma de cogerme del brazo cuando me ayuda a ponerme de pie –está siempre pendiente de mí– o a hacerme andar hacia aquí o hacia allá. Yo, que no estoy acostumbrada a beber, me sentía en sus manos. Aquellas comidas tan largas alrededor del vino son como historias distintas cada una. Capítulos. Siento aún en mi piel el aire cálido, envolvente, con una remota fragancia a vid, que respiramos bajo los árboles donde ponen las mesas a la hora del almuerzo. Un almuerzo, una cena, un almuerzo, una cena. Es como una rueda que nos va acercando el uno al otro.

Me parece que fue después de la primera vez que el hombre del vino se sentó con nosotros, una noche, cuando comprendí que la sonrisa y las atenciones de Bernard no eran sino pasos y que, llegado un punto, todo se aceleraría. Parecía tan inevitable que me entró una súbita necesidad de calma. Presentía el torbellino, el aturdimiento de las emociones, y quería que todo fuera muy despacio, que esos preliminares durasen mucho. En cierto modo, prefería que las cosas se quedaran siempre así, que no alcanzasen el torbellino. Era eso de lo que habíamos hablado tú y yo cuando nos conocimos. Te lo dije, Elena, ya no quiero historias ni líos que parece que van a ser cortos y luego duran, aunque sólo sea por dentro, duran y hacen daño durante mucho tiempo. Me gustan las emociones que ahora presiden mi vida, no quiero nada más, nada de aventuras nuevas, por fugaces que sean. Nunca son lo bastante fugaces. Siempre dejan huella.

Pero Bernard no lo aceptó. Y lo cierto fue que cuando me vi en mi cuarto, sola, después de haberme despedido de él en el pasillo, dejándole allí, sus ojos llenos de reproche, como si yo le hubiera engañado, como si lo hubiera planeado todo con premeditación y hubiera iniciado el acercamiento y la seducción con la sola intención de decirle adiós a unos pasos de la recompensa, me arrepentí de no haberle dejado entrar. Hubo, eso es cierto, un instante de alivio. Apoyada contra la puerta cerrada, respiré profundamente. Había escapado de las turbulencias, estaba a salvo.

No oí sus pasos por el pasillo cuando cerré la puerta de mi habitación, no podía oír nada, porque el corazón se me salía del cuerpo y me asusté, ¿por qué me latía tanto?, ¿de qué peligro huía? Bueno, todo había pasado. Tenía que recuperar la normalidad. Pero de pronto no lo soporté, ¡la normalidad!, ¡qué horror! Había tocado lo extraordinario y ahora estaba condenada a la normalidad. Esa misma noche supe que allí no se acababa nada, que eso era únicamente el comienzo. Se había hecho demasiado tarde para invocar la calma, para intentar detener nada.

Hubiera querido borrar el tiempo que acababa de transcurrir, abrir la puerta y abrirle los brazos a él, preguntarle por qué me había escogido. En su grupo, había chicas más jóvenes y más guapas. Pero Bernard me había mirado a mí, a una cantante mexicana que está de gira por Europa, un ave solitaria, una mujer más cerca de la madurez que de la juventud.

Me acaba de recorrer un escalofrío, Elena. Se me ha ocurrido una idea que te va a parecer absurda. A lo mejor es por el cansancio del viaje, llevo horas sin dormir, mis pensamientos andan algo desordenados... Hablamos mucho tú y yo, Elena, pero no te lo conté todo. No tuvimos mucho tiempo, te fui contando cosas en ratos perdidos, cosas sueltas, desligadas. Algunas eran tan complicadas que no merecía la pena perderse por ahí, ¿qué más daba? Lo importante era lo bien que nos entendíamos, como si hubiéramos compartido muchas cosas desde el principio de los tiempos, como si hubiéramos sido amigas desde la infancia. El caso es, Elena, ahora te lo digo, que mi gira europea tenía un patrocinador muy personal. Sí, un amante. Sólo que a la mitad todo se torció. No voy a entrar en detalles, pero fue él quien me invitó a pasar esos días en aquel estupendo hotel, me pidió que aceptara, que dedicara esos días a pensar en él, en nosotros, antes de regresar a mi país. Me pedía que me tomara ese plazo. Naturalmente, yo conocía el resultado de esos días de meditación. Sabía que esa aventura sólo cobraba sentido porque tenía lugar lejos de casa. No le engañé, no alenté ninguna esperanza, pero él insistió, quién sabe por qué. El caso es que fui, Elena. Y, de pronto, esto es lo que he pensado: que el hombre del vino era un espía suyo. Suena absurdo, lo sé, pero, si lo piensas un poco, tal vez no lo sea tanto.

Carlos Escoriz pudo relatarle a este hombre, mi patrocinador, mi historia con Bernard. Es un hombre muy poderoso, Elena, muy rico. A él le debo, ya te lo he dicho, mi gira por Europa. Ese papel le gustaba mucho: ser mi patrocinador, mi benefactor. Siempre que él fuera parte del trato, desde luego. No te escandalices, por favor. Tenía sus virtudes. ¡Se reflejaba en sus ojos tanta admiración! Tengo una debilidad, lo reconozco. Me gusta que me admiren. En algunos momentos, le he llegado a amar de verdad.

Puede que sí, puede que mandase que me espiaran. Encaja en su personalidad, cabe en lo que él es. Cuando le vi en Madrid, la noche anterior a mi viaje de regreso, no me hizo ninguna pregunta. En la calurosa noche madrileña, en la terraza de un restaurante que, según dijo, había escogido especialmente para mí –siempre había pensado que me gustaría porque tenía un toque pueblerino, como yo decía que era el barrio donde vivía aquí, en México DF–, hablaba por hablar. De él mismo, como de costumbre. Era un tema de conversación que nunca le fallaba, pero en aquella ocasión parecía algo forzado. Tenía una mirada triste, vencida. Un rayo de inquietud en el momento de decirme adiós. Por una vez, no dijo: Te escribiré o Me quedo pensando en el próximo viaje. Quizá no le vuelva a ver. Si es así, no importa. Lo único que me importa ahora es qué hacer con las emociones que me desbordan, con la pena de la separación, la lejanía hiriente de Bernard. A él sí me duele no volverle a ver y aquí, al otro lado del océano, ésta es la impresión que tengo: que se ha desvanecido para siempre.

No sé si el hombre del vino era o no espía, pero, como todo el mundo, pudo seguir el desarrollo de la historia entre nosotros, Bernard y yo, paso a paso. Se desplegó a la vista de todos. Después de la noche en que le cerré la puerta de mi cuarto, Bernard se sentaba lejos de mí, apenas me miraba. De pronto, sin decir nada, desaparecía. ¡Qué difícil fue ir venciendo, una a una, todas sus defensas!, qué de señales envié al vacío, para ser malinterpretadas, para no llegar nunca a donde querían llegar. ¡Qué cautelosa persecución emprendí, evitando quedar en evidencia, pero arriesgándome más de lo que la razón me permitía! Tú me animabas, Elena. Me dijiste que no me resignara, que a veces hay que luchar porque eso es lo que nos da la medida de nuestro deseo. Propiciabas ahora nuestros encuentros, eras nuestra hada madrina.

Me dije: Lo tengo que conseguir. Si me marcho sin haberme disuelto entre los brazos de Bernard, me quedará para siempre una espantosa sensación de fracaso, de carencia. Al fin, llegó el momento en que le pude decir: Esta vez no te dejaré fuera, y Bernard se dejó guiar, se confió. Es una escena que hace daño, como cuando el sol te da de lleno en los ojos. Cuando vuelve a mí, me deja quieta, paralizada. Mi piel vuelve a sentir su piel, aspiro su olor, me impregno de todos los pequeños ruidos de su cuerpo, lo que dice, lo que susurra. Gime, grita, suspira. No sé lo que hago yo. Estar allí, sólo estar, no ser, no existir. Sólo fue una noche.

Ahora estoy lejos.

Si estuvieras aquí, mi querida Elena, repasaríamos los pormenores de la historia, trataríamos de saber, hablando y hablando, cómo es el hombre que protagoniza las escenas que ahora se me reproducen en la cabeza, sin que pueda apartarlas de mí.

Puede que señalaras lo poco que, en definitiva, él y yo tenemos en común. Y todo lo que podrías decir, Elena, vendría a caer sobre lo que yo supe enseguida. No tenía sentido que me acabara enamorando de ese hombre, ni siquiera sé si estoy verdaderamente enamorada de él.

Doy un trago a la copa de vino y pienso que sí, doy otro trago y pienso que ya lo estoy olvidando, que estoy bien aquí, en mi patio diminuto, rodeada de plantas, lejos de todo, lejos de esos días extraños que llegaron de forma tan inesperada. Doy un trago a la copa de vino y vuelvo a la noche de la entrega. Me invade el dolor. Doy otro trago y, por fortuna, se borra de mi memoria esa última noche y regreso al momento en que me refugié tras la puerta cerrada de mi cuarto. Ojalá hubiera sido capaz de quedarme allí. Pero algo infinitamente superior a mis fuerzas me impidió mantenerme en mi refugio.

Hubiera sido preferible no haberme enamorado, me digo. Pero, al momento siguiente, al siguiente trago de vino, me digo que, pese a todo, pese a la inevitable separación, pese a la inevitable frustración, el amor merece la pena. Sobre todo, cuando no se espera, cuando no se busca. Éstos son los efectos del vino, esta dulce euforia que me invade tan despacio, tan suavemente, ¿por qué detenerme en la separación, en la frustración?, ¿es que la última noche, esa escena que golpea mi cabeza con tenacidad, que hace que cierre los ojos para verla con más claridad, para sentirla de nuevo desde dentro, no ha sido lo mejor que me ha sucedido en mucho tiempo? Lo mejor, quién sabe, pero sí lo más asombroso, lo más inesperado. Así que mientras bebo despacio mi copa de vino, despacio, como dices que hay que beber, y transcurren las horas y vacío la copa y la vuelvo a llenar, viajo sola a esos días.

De golpe, Elena, eres tú quien ocupa el primer plano,

aunque tu ausencia no duela de la misma manera que la ausencia de Bernard, porque ese dolor nace de la nostalgia de la plenitud, de la culminación. Te echo de menos de una forma casi dulce, sin desgarramientos, e imagino muchos encuentros entre nosotras, aquí y allá, discurseando sobre tantas cosas, bebiendo a sorbos copas de vino. Ésta es la nostalgia que me invade ahora, mientras te escribo lo que quizá sólo pueda decirse por carta, cuando los que hablan no se ven las caras, porque cuando ves al otro lo que estás contando ya no existe con la misma fuerza con que sucedió. La fuerza se desvanece mientras las palabras alcanzan su objetivo. En cambio, mientras te escribo, la historia recupera su fuerza y me doy cuenta de que ya no deseo esa fuerza, ¿de qué me sirve ahora? Me serviría más hablar y hablar contigo mientras bebemos, despacio, del vino de las botellas que Carlos Escoriz nos regaló al final de nuestra estancia en el hotel.

Qué curioso que al final quede esto, un regalo de alguien a quien no llegamos a conocer mucho, pero, quién sabe, quizá aquel hombre haya sido fundamental para toda la historia, quizá, de no haber estado él allí, nada de lo que luego sucedió hubiera sucedido. No sólo porque puede que fuera un enviado del otro, el amante que me parece ya he perdido para siempre –lo digo sin un ápice de nostalgia, o sólo con un poco, muy poco–, sino porque su personalidad era cálida y amable. Le gustaba explicar las virtudes del vino, de cada vino, y sabía contagiarnos de su entusiasmo. Fue él quien nos empujó a pedir nuevas botellas, a disfrutar comparando unos vinos con otros, a entregarnos a la euforia y desorden que causa el vino. Siento un cariño súbito e intenso por el hombre que me regaló esta botella de vino que ahora ya está casi acabada. Como si me hubiera regalado mucho más, tú dirás qué.

Es curioso, sí, porque aquel hombre, por encima de todo, era un observador. Fue un observador. Como tú, él presenció la historia. Como tú, la propició.

He de olvidarme de todo lo demás, Elena. Aprovechar la soledad y el retiro del día de hoy para borrar los recuerdos dolorosos. Y concluir ya esta carta que quiero que te llegue enseguida, porque esto es lo que me he traído de mi viaje por el viejo continente, lo que me he traído de esa madre patria que nos causa apego y rechazo a la vez. Tu amistad. Una botella de vino ya vacía. Un recuerdo que aún me produce un dulce dolor hiriente, pero que poco a poco se irá haciendo borroso, se irá desvaneciendo.

ENFERMEDAD

De pequeña, mi madre me llevó a muchos médicos. Siempre que alguien decía: Este médico es amigo mío, es un fenómeno, llámale de mi parte, o mejor, deja que le llame yo, te consigo una cita, yo me encargo, allí íbamos mi madre y yo. Aunque ella luego, delante del médico, sólo suspiraba. No sé qué hacer con esta niña, doctor, por favor, póngamela bien. Me sentía como si fuera una pertenencia de mi madre, un problema suyo. Me preguntaba, ¿por qué no habla ella?, es ella la que me ha traído, la que ha buscado al médico, la que se queja y suspira, ¿por qué se queda callada ahora?, ¿qué pretende que diga yo?

Delante del médico, no se me ocurría nada que decir. Me sentía atrapada en aquel escenario: los techos tan altos, las pesadas cortinas que medio cubrían el balcón, la gran mesa oscura, la pantalla verde de la lámpara, la cantidad de libros en las vitrinas cerradas con llave. Y el médico allí, al otro lado de la mesa, con una bata blanca algo arrugada sobre la camisa, gafas de cristal tan grueso que los ojos daban miedo, grandes, claros, sin límites. Me hacía echar sobre la camilla, me examinaba, me apretaba aquí y allá, me hundía el puño en el abdomen, me martilleaba las rodillas, me mandaba respirar hondo mientras me auscultaba. No encontraba nada.

Salíamos de la consulta desanimadas, mi madre y yo. Perdidas, sin saber qué hacer. Yo no sabía explicar lo que me pasaba, qué me dolía. Mi madre no había podido delegar, yo seguía siendo un problema para ella. Eso era lo único que había recomendado el médico de turno, lo único que había recetado: tranquilidad. Incluso hasta se planteó una vez que dejara el colegio, que me buscaran profesores y que estudiara en casa. Si ésta fuera la época de los balnearios, dijo uno de los médicos, eso era lo que le recomendaría, pasar una temporada en un balneario, tomar las aguas por la mañana, el té, las infusiones de yerbas medicinales por la tarde, un poco de música al atardecer y a la cama. Unos meses así le sentarían muy bien, dijo, con una breve sonrisa. Hizo un gesto de impotencia con las manos, con los hombros.

Ésa fue la imagen que, en un pequeño bar de Nantes, sola, mientras bebía despacio una copa de vino blanco, me vino a la cabeza. El gesto de impotencia del médico al evocar la vida de los balnearios. Y todo lo demás, mi desfile por las consultas de los médicos de la mano de mi madre. Me encontraba mal, me dolía el cuerpo, en tensión, sentada en la silla de aquel bar de Nantes.

Todo ese desfile por las consultas de los médicos estaba lejos. Mi madre también está lejos. Hace cinco años que murió, agotada, arrastrando sus enfermedades de año en año, los medicamentos que nunca le curaron, el vino tinto que se negó a dejar de beber. Los últimos años de su vida fueron duros. La enfermedad se había apoderado de ella, ¿qué enfermedad?, muchas, todas, la vejez, el deterioro, el desaliento. Me miraba con los ojos un poco perdidos. Quizá recordara que ella siempre había negado la enfermedad.

Porque eso era lo que yo había pensado siempre: mi madre no se creía del todo mis enfermedades. Nunca me lo llegó a decir expresamente, pero yo podía adivinar, por sus gestos y sus silencios, que, en su opinión, mis enfermedades eran una excusa para quedarme en casa y hacer una vida distinta de la vida de las demás niñas, ir al mercado con ella, leer cuentos y tebeos, jugar con mis recortables, apoyarme en la barandilla del balcón que daba al patio y mirar y mirar.

Los problemas se repiten de generación en generación. Se heredan. Padezco las enfermedades de mi madre. Las reconocí muy pronto, como los presentimientos. Me vine abajo muy pronto, desde el principio. Seguía allí, sin embargo, yendo de un lado para otro, desplazándome por el mundo, aún asombrada de no poder escuchar las quejas que llenaron los últimos años de la vida de mi madre, nuestras conversaciones telefónicas al atardecer oscuro del invierno. Apenas la escuchaba, no había manera de proporcionarle ese bienestar que había huido de ella. Al final, había sido yo quien no había querido escucharla a ella. Me daba cuenta ahora, cuando ya no había remedio.

Bebía el vino a pequeños sorbos. No es que me entusiasmara, pero quería beber algo suave, aún era pronto, aún quedaba la cena. Hablaba con mi madre y conmigo misma, aunque había abierto una novela policíaca, pero no podía seguir el hilo. No era una gran novela y me sentía muy cansada, quería salir del bar, encontrarme ya en el restaurante, comiendo y bebiendo ya vino tinto, que me gustaba mucho más que el blanco. El vino tinto, el gusto heredado de mi madre. No de forma tan radical, desde luego. Eso me emocionaba: el carácter radical de mi madre.

Ay, que aparezca Gonzalo cuanto antes, me decía, pensar es doloroso, porque pienso en mi madre y en sus ojos cansados, en los suspiros que daba al otro lado del hilo telefónico, quejándose sin que yo la escuchara. Iré mañana a verte, le decía yo, y percibía su sonrisa, su alegría, ¿por qué no fui a verla todos los días?, ¿qué otra cosa más importante tenía yo que hacer?

Hablaba con mi madre, que ya no podía escucharme. Ahora estaba dentro de mí. Los muertos viven dentro de nosotros. Se hacen parte de nosotros. Estoy aquí, en Nantes, le decía a mi madre, me parece que conoces Nantes, que alguna vez pasaste por aquí en uno de los viajes que hiciste con papá, cuando te decidías a acompañarle y nos dejabas solas, al cuidado de las chicas de servicio. Luego regresabas cargada de regalos y a mí siempre me asombraba tu cara. No podía entender cómo había llegado a olvidarme de cómo eras. No me cansaba de mirarte.

Quizá tú también hubieras esperado en un bar a que papá terminara su jornada de trabajo para iros después a cenar a un restaurante, quién sabe si el mismo al que voy a ir yo con Gonzalo, si es que alguna vez estuvisteis aquí. Quizá tú también te hubieras impacientado en esa espera. Seguramente bebías vino tinto, o puede que ginebra, porque eras joven y aún bebías ginebra, y estoy segura de que no habrías pasado ningún apuro al pedirla. Una ginebra o dos, lo que fuera.

No sé qué te llevó a acompañar a papá en algunos de sus viajes, le decía a mi madre. Quizá te encantaba viajar y lo pasabas muy bien, no sólo cuando estabas con él, sino en estos tiempos muertos de los viajes, en las esperas en los bares. Pero lo que a ti no te costaba nada, a mí me cuesta. Tu facilidad para relacionarte con los demás aún me admira. Como si creyeras que no hay obstáculos entre las personas, que estamos todos dispuestos, deseosos de entendernos unos a otros.

Tenía la sensación de que en aquel bar todos se conocían. Estaban muy a gusto allí, como en sus casas. En el rincón de la derecha, una pareja formada por un hombre maduro, canoso, de mirada apagada, y una mujer grande, negra, cargada de collares, parecía tener una conversación interesante. La mujer se reía y gesticulaba mucho. El hombre negaba con la cabeza hundida entre los hombros, apesadumbrado. Pero sus palabras no llegaban hasta mí.

A pesar de que había tratado de hacerla durar, había terminado mi copa de vino y tuve que hacer un gesto a la chica de la barra para que me sirviera otra. Qué esfuerzo. Se acercó, desenvuelta, con su aire de estar a sus anchas, de conocer a todos los parroquianos, aunque no me conociera a mí, aunque yo fuera una fugaz visitante, una especie de turista. Me aceptaban, ya me habían incluido en su ambiente. Le parecía bien que pidiera otro vino. Para demostrármelo, fue generosa en la medida que me sirvió.

Cuando Gonzalo apareció, yo estaba a punto de alcanzar ese punto en el que ya no quieres hacer nada, te ha entrado un cansancio tal que consideras la idea de marcharte, de poner fin a la espera de forma tajante. Pero volver al inhóspito cuarto del hotel –que llevaba el pomposo nombre de Hotel de France– y pasar encerrada en él el resto de la tarde me producía cierto horror.

Gonzalo estaba muy pálido, desencajado. Había venido casi corriendo y se había despistado, se había equivocado de calle.

–Hubieras debido llamarme –le dije.

Pidió vino para él.

–Vámonos, ya es hora de cenar.

–Déjame que me reponga un poco, ha sido una reunión agotadora.

Le hice mirar hacia la pareja del rincón, que seguía inmersa en risas –ella– y gestos de negación –él.

–Nunca te aburres –dijo Gonzalo–. Me das envidia.

Gonzalo había reservado mesa en un restaurante que, según decía la guía, era un clásico, tanto por el decorado –modernista genuino–, como por la comida, calificada de excelente. Nos dieron una buena mesa, junto a la ventana.

No sé por qué, me vino a la memoria una novela policíaca que había leído recientemente. Después de terminarla, como me había gustado mucho, se la había pasado a Gonzalo. *La pared vacía,* de Elisabeth Sanxay Holding, para quien lo quiera saber. Un ama de casa que se ve mezclada en un crimen. Un delincuente romántico, enamoradizo. Unos hijos egoístas, despectivos. Todo sucede muy lentamente, eso es lo mejor de todo, esa lentitud con la que transcurren las cosas, con inmenso cuidado, porque, si el ritmo se acelera, todo se viene abajo. La vida se viene abajo. Quizá sea, sin embargo, una novela escrita deprisa, sin estilo, escrita para venderla cuanto antes, pero ¡ay, esa sensación de lentitud no es tan fácil de conseguir!

–No he leído esa novela –dijo Gonzalo.

–No digas que no la has leído, di que no la recuerdas. Te la pasé yo y luego la comentamos. Te gustó, me dijiste.

Le resumí la novela. Gonzalo negaba con la cabeza. Estuvimos mucho rato así, yo hablando de la novela, evocando detalles –una escena en el embarcadero, un coche que se queda sin gasolina en una carretera secundaria, las cartas del marido soldado…–, él negando.

Mucho rato. Yo no podía dejar de insistir. La has leído, la comentamos, te gustó. Te equivocas de persona, quizá de hombre. No he leído esa novela, seguro.

Mucho rato.

Nos concentramos, silenciosos, en la comida. Habíamos pedido dos platos distintos. Los dos, de pescado. Puede que, al hacer el pedido, hubiéramos pensado en compartirlos, pero cada uno dio enteramente cuenta del suyo. Los dos rechazamos probar el del otro.

El camarero pasaba por detrás de Gonzalo con una fuente en las manos, en dirección a la mesa de al lado. Tropezó con algo y se cayó cuan largo era. Se levantó rápidamente, se sacudió la chaqueta, como si no se hubiera hecho el menor daño. Alguien se hizo cargo de limpiar el suelo. Todo sucedió muy deprisa. ¿Con qué se había tropezado el camarero? Gonzalo miraba, aturdido, el bolsillo de su chaqueta, desgarrado, del que asomaba la correa de la cámara de fotos, que siempre llevaba consigo. La chaqueta colgaba del respaldo de la silla de Gonzalo. La correa de la cámara de fotos sobresalía. El camarero había enredado su pies en la correa de la cámara de fotos de Gonzalo. La cámara no había llegado a caerse al suelo. Aún se mantenía, adherida a la chaqueta, defendida por lo poco que quedaba del bolsillo.

El camarero se podía haber hecho mucho daño, pero al parecer estaba tal cual. Indemne. Ni siquiera dirigió los ojos hacia el objeto culpable. No despegó los labios. Se levantó y siguió con su trabajo, imperturbable. La chaqueta de Gonzalo era nueva, de cachemir. Habría que llevarla a una tienda de arreglos, habría que buscar a una costurera experta en remiendos. Mis habilidades serían insuficientes.

El episodio, que había sucedido en un tiempo muy veloz, vertiginoso, dejó en el ambiente un poso de irrealidad, como si hubiera ocurrido algo terrible que todos debíamos olvidar cuanto antes.

Terminamos de comer en silencio. Dejamos de darle vueltas al asunto de la novela policíaca, que parecía no poderse resolver. Nos llevábamos la comida a la boca, masticábamos, tragábamos. No mirábamos hacia los lados y nadie nos miraba.

Lo único que vagamente agradecía yo era que la catástrofe nos hubiera alcanzado al final de la cena. Sí, las cosas aún habrían podido ser peor.

Gonzalo pidió la cuenta, pagó. No dejó propina, no llevaba nada suelto. Ni siquiera busqué en mi bolso, sabía que apenas tenía un par de monedas, que lo mejor era salir a la calle cuanto antes.

Era de noche, hacía frío, el suelo estaba mojado. Un camarero –otro, no el que se había caído– nos llamó desde la puerta. Gonzalo se había dejado la bufanda sobre la silla. Recogió la bufanda de manos del camarero, murmuró unas palabras de agradecimiento. Yo observaba desde la esquina.

–Creo que recuerdo la escena del embarcadero –dijo Gonzalo, cuando echamos a andar–. Sí, ya sé de qué novela se trata. Es verdad, es una novela muy curiosa, con esa mujer que parece incapaz de hacer nada y de pronto se encuentra haciendo muchas cosas, tomando muchas decisiones. Estaba bien ese contraste, ahora me acuerdo perfectamente.

–Sabía que la habías leído.

–No la recordaba, se me había borrado completamente, hubiera jurado que no la había leído.

Recorrimos las calles frías, húmedas y vacías de Nantes, dando vueltas alrededor del hotel. ¿Entrar ya, encerrarnos en la misma habitación, tan lejos como estábamos el uno del otro? Prefería seguir andando en la noche húmeda de Nantes, tomar conciencia de esa ciudad, oír mis propios pasos sobre el asfalto, mientras me decía: Esto es lo que te has buscado, a causa de todos tus miedos.

—Voy a dar otra vuelta, no tengo sueño —dije, otra vez ante la puerta del hotel.

Eché a andar. Gonzalo me siguió. Lo sentía allí, a mis espaldas, oía el sonido de sus pasos. Qué absurdo, me decía, ya se cansará.

Estaba dispuesta a pasar toda la noche así, dando vueltas por las calles mojadas de Nantes. Estábamos asistiendo a una ruptura. Quizá aún le seguiría viendo alguna vez, puede ser, pero ya todo sería distinto, más amargo.

Lo sentí muy cerca, detrás de mí.

—No tiene sentido que hagamos esto —dijo—. Vas a coger frío.

Me tomó del brazo, me lo apretó. De pronto, yo era una enferma a quien había que cuidar, eso era lo único importante. Entré en el hotel por eso, porque ése era el único argumento que podía hacerme volver. Era verdad, hacía frío y yo estaba enferma.

—Hemos caído en un agujero negro —dijo, ya en el hotel, en la pequeña y desolada habitación.

Estaba pálido, cansado, el bolsillo de su chaqueta de cachemir colgaba, desgarrado, sobre su costado. Se echó sobre la cama.

—No he podido encontrar un hotel mejor —dijo, mirando a su alrededor, como si en ese momento cayera en la cuenta de la pobreza del escenario, de todo lo que eso nos podía haber afectado.

Había ocurrido algo fatal. Nos habíamos alejado tanto el uno del otro que se había atisbado un punto sin retorno. Es algo que había pasado de pronto y nos había sobrepasado. Estábamos hundidos en la desolación. Habían desaparecido las barreras que nos separaban. Toda prevención se había esfumado. Era una sensación tan dulce que los contornos del cuarto empalidecieron. No había contornos.

Fue una especie de visión, de tránsito. La desesperación de Gonzalo, quizá porque no era la mía, parecía mucho más definitiva, algo que había que evitar a toda costa.

Mientras dormía, sentía el cuerpo de Gonzalo pegado al mío. Más real y cálido que el mío.

Por la mañana, nada más despertarme, remendé la chaqueta. Un arreglo provisional, pero Gonzalo se la pudo poner.

En la recepción del hotel pedí un plano de Nantes. Llovía un poco y seguía haciendo frío. Recorrí las calles del centro, mirando escaparates, entrando en alguna tienda. Me senté en el banco de una iglesia. Examiné el plano. Estaba muy cerca del Jardín Botánico.

Atravesé la puerta de hierro forjado, compré el ticket. Anduve, bajo el paraguas, por los senderos de tierra. Éramos muy pocos los visitantes. Un grupo de adolescentes, indiferentes a la lluvia, comían sus bocadillos alrededor de un banco de piedra. Divisé el instituto, al otro lado de la verja que encerraba el jardín. Era un jardín con muchas flores, enormes macizos recién florecidos. Los colores brillaban bajo la lluvia. Sólo cuando la lluvia arreció salí del recinto. También los estudiantes huyeron, corrieron hacia el instituto.

Me senté bajo el toldo de un bar, en la única mesa libre que quedaba, al lado de la puerta. Pedí cerveza. No estaba cansada, no me dolía nada. Escuchaba el fuerte sonido de la lluvia sobre el toldo, respiraba el aire húmedo, echaba de vez en cuando ojeadas al plano de Nantes, como si fuera una turista solitaria y decidida y aún me quedaran muchas cosas por ver.

RESTOS

Cuando apareció la pareja de portugueses no me di cuenta de que ella era tan guapa. No me di cuenta enseguida, sino poco a poco, y un día, de pronto, la vi en su patio, leyendo a la sombra, y tuve una especie de revelación. Esa chica era una belleza. Muy delicada, ausente, desinteresada de sí misma, absorta no se sabía en qué.

Me gustaba mirarla desde la ventana mientras me entregaba afanosamente a la tarea de fregar los platos después de la cena. Me ajustaba los auriculares a la cabeza con la música a todo volumen. Invadía hasta el último rincón del silencio. La portuguesa me sonreía desde su patio y movía un momento la mano como si también ella estuviera escuchando mi música y quisiera seguir el compás. Yo le devolvía la sonrisa. Clavaba los ojos en ella, dueño de mi mundo. Estaba en mi cocina, delante de mi fregadero, lavando los platos y escuchando mi música preferida. Diana, mi mujer, dormitaba en el sofá. Estaba embarazada y siempre tenía sueño.

—¿A qué crees que se dedica él? —me había preguntado Diana, al principio de todo, cuando la pareja apareció en la vecindad.

—Ya sabes que soy mal adivino, siempre me equivoco —le dije.

—Yo creo que es estudiante —dijo Diana—, tiene algo inacabado, ¿no te parece?, y las gafas que usa son de estudiante, no son gafas de oficinista o de empleado. Tú también tenías unas gafas como ésas cuando ibas a la universidad, ¿no te acuerdas? No han debido de encontrar alojamiento en los apartamentos para estudiantes casados. Bueno, esto no queda tan lejos de la universidad.

Tenía razón Diana. El portugués, se corroboró enseguida, era estudiante. Se lo había dicho al dueño de los apartamentos, hubieran preferido vivir dentro del recinto universitario, pero ya no quedaba nada libre. No habían podido llegar antes, habían tenido muchas cosas que resolver en Lisboa antes de poder marcharse de allí. La madre de su mujer estaba enferma y ella, Selina, había estado a punto de no venir con él, pero él no quería venirse solo, de manera que habían esperado un poco y sólo habían emprendido el viaje —los dos juntos, por supuesto— cuando la madre se había recuperado. No había sido más que un susto, la madre estaba ahora estupendamente. No vivir dentro del recinto universitario también tenía sus ventajas, a fin de cuentas. Sales y entras en la universidad, respiras distintos aires.

Así supimos que, además de portugués, Eduardo era muy comunicativo. Quería practicar su inglés, no desperdiciaba la menor oportunidad de entablar pequeñas conversaciones aquí y allá. En cuanto a Selina, era distinta. Todo lo que su marido hablaba, se lo callaba ella. Eso sí, sonreía. Tenía mucho tiempo libre. No iba a la universidad. Tenía estudios, los suficientes. Y estaba dotada de una habilidad especial para todo lo que puede hacerse con las manos. Coser, bordar, hacer collares, cocinar, todo lo hacía bien, tenía unas manos mágicas, decía siempre Eduardo al hablar de su mujer. También leía. Novelas en portugués. Ediciones baratas, parecían, libros viejos, como usados ya, leídos por otros.

Cuando nació Zoe, todos los vecinos me felicitaron, aun antes de que Diana y la niña dejaran el hospital. El portugués se me acercó a la puerta del inmueble en el momento en que yo, cargado con bolsas –ropa de Diana, cremas, colonia, esas cosas–, me disponía a volver al hospital.

–¿Tenéis ya a quien cuide del bebé? –me preguntó, después de darme una entusiasta enhorabuena y muchos, muchísimos recuerdos para Diana.

Le dije, un poco sorprendido, que a Zoe la íbamos a cuidar entre Diana y yo, haciendo turnos. Diana no trabajaba fuera de casa, pero, con todo, yo iba a ayudarla, desde luego. Nos las arreglaríamos, todos los padres se las arreglan.

–Perfecto –dijo–, pero si necesitáis ayuda, alguien que os eche una mano, quiero decirte que mi mujer está dispuesta a hacerlo. Es más, me consta que le haría ilusión, porque tiene mucho tiempo libre y le encantan los niños. Sobre todo, los bebés.

Se lo agradecí, aún extrañado de que se metiera en nuestros asuntos sin que nadie le hubiera dado la menor baza. Quizá era por sus ganas de hablar, de practicar su complicado y lento inglés.

No le dije nada a Diana de aquel ofrecimiento, no porque quisiera ocultarlo, sino porque sencillamente me olvidé. Me sorprendió un instante y lo olvidé. Volvimos los tres a casa al día siguiente. Empezó nuestra nueva vida de familia. No teníamos un minuto libre. Cuando me había tocado pasar la noche pendiente de Zoe, salía de casa a primera hora de la mañana, camino del trabajo –trabajaba en un macrotaller de reparación de coches, un negocio que había montado un remoto pariente mío, aunque cuando empecé a trabajar no sabía que éramos parientes y tampoco lo sabía él, fue algo que descubrimos poco después, hablando y hablando–, más muerto que vivo, más dormido, más agotado que un muerto, puestos a exagerar, y, de vuelta en casa, lo único que quería era descansar. Pero incluso cuando no me tocaba el turno a mí, era difícil descansar con Zoe en casa. La niña lo había trastocado todo. Ya no podía encasquetarme los auriculares con la música a todo volumen porque eso le fastidiaba mucho a Diana, que había pasado el día sola con Zoe y estaba deseando tener un interlocutor adulto a su lado. Hasta el momento no le había importado que yo fuese adicto a la música, incluso ella se enchufaba a veces sus propios auriculares y nos sonreíamos a distancia cuando cruzábamos nuestras miradas, cada uno en su rincón, en su lugar. Pero ahora decía que eso era un signo inequívoco de voluntad de aislamiento. Rozaba el autismo. Nos habíamos convertido en una familia –dos son pareja, decía, como si yo no lo supiera, pero el número tres salta directamente a lo familiar– y tanto ella como yo teníamos que estar siempre disponibles. A todas horas, aunque no nos tocara el turno. La familia no era una cosa estrictamente de turnos. ¿Quién se lo podía discutir?

El diario regreso a casa, en todo caso, no era muy alentador. Aunque al término de la jornada laboral yo tenía muchas ganas de ver a mi querida Diana y a mi maravillosa Zoe, y a lo largo del día había pensado en ellas incontables veces, en el mismo momento de llegar me sentía abrumado por el panorama que me encontraba. Diana estaba sobrepasada y, nada más verme, empezaba a desahogarse, relatándome en tono quejumbroso todas las incidencias del día, y, de forma inmediata, el sobrepasado era yo.

Una tarde, ante mi asombro, mi mujer me estaba esperando a la puerta de casa. Se había arreglado y me miraba, sonriente, junto a la puerta abierta.

–Vamos a salir a tomar una copa –dijo–. No sabes cuánto necesito salir. Nos acercamos al centro y luego vamos a Joe's. ¿Cuánto tiempo hace que no vamos a Joe's?

–¿Y Zoe?

–Lo tengo todo arreglado. Selina se ha ofrecido a cuidar de ella. Es una chica muy agradable y parece buena persona.

–¿La conoces tanto?, ¿te fías completamente de ella? –le pregunté, un poco sorprendido, la verdad, de aquel acuerdo que se había hecho a mis espaldas, y recordando, en ese mismo momento, el ofrecimiento que, un par de meses atrás, me había hecho el locuaz portugués.

Diana me dirigió una mirada opaca, ofendida, heladora.

–Oye, ¿me estás diciendo que soy una madre desaprensiva, que no puedo separarme ni un segundo de mi bebé, que ni siquiera puedo salir a dar una vuelta con mi marido?, ¿crees que le dejaría el bebé a alguien que no me inspirara confianza?

Me di por vencido. De acuerdo, me dije, resultaba un poco absurdo no fiarse de esa chica, vecina nuestra, de quien habíamos ido sabiendo, a través del marido, bastantes cosas –todo lo que hacía con las manos–, y que me dirigía dulces sonrisas cuando salía al patio a leer y yo fregaba los platos con la vista puesta en ella –no hacía falta desviarla, el patio de los portugueses quedaba justo enfrente de la ventana de nuestra cocina–. Y, sobre todo, tenía que apoyar a Diana, que se pasaba el día a solas con Zoe y que, me lo había dicho más de una vez, se empezaba a sentir encerrada, separada del mundo. Quizá esa copa nos vendría bien. Una copa en un bar, no en casa.

De todos modos, estábamos un poco nerviosos, recelosos, fuimos al centro, nos sentamos a una de las mesas de Joe's, pedimos lo de siempre, los martinis y unas raciones de cangrejo, la especialidad del chef, y tratamos de parecer alegres. Pero, por mucho que disimulásemos, estaba claro que tanto Diana como yo estábamos deseando volver a casa. Los dos queríamos volver a ver a Zoe cuanto antes, tan sana y vivaz como cuando la habíamos dejado. ¿Qué sabíamos de Selina?, sólo que era hábil con las manos. No era suficiente, claro que no. Las manos, precisamente. No resultaba tranquilizador.

Nos bebimos los martinis muy deprisa, pero el cangrejo no lo pudimos terminar.

Entramos en casa apresuradamente, casi corriendo. Allí estaban, en el cuarto de estar, frente al televisor, la cuna de Zoe, con Zoe dentro, al parecer dormida, y Selina recostada en el sofá, con un libro sobre el regazo. Nos miraba con los ojos muy abiertos, sorprendida.

–¿Regresan ya tan pronto?

–Ya ves –dijo Diana–, es la primera vez que me separo de mi bebé, estas cosas hay que irlas haciendo poco a poco.

–Comprendo –dijo la dulce Selina, poniéndose en pie.

–¿Se ha portado bien?, ¿has tenido algún problema? –le preguntó Diana.

–Es una niña muy buena –dijo lentamente–. Y es preciosa.

Lleno de orgullo paterno, casi emocionado, la acompañé a la puerta y le estreché la mano.

—Gracias por cuidar de Zoe –le dije.

Sonrió, negó con la cabeza, se fue.

—¿Cuánto le pagas? –le pregunté a Diana–. Creo que nos va a compensar que venga de vez en cuando, es una chica muy agradable.

—No le pago nada –dijo Diana–. No ha querido aceptar dinero, dice que a ella no le supone ningún esfuerzo cuidar de Zoe. Sólo debe dar la vuelta al edificio. No tiene nada que hacer y para leer le da igual estar en un sitio que en otro, le encantan los bebés y se siente útil echándonos una mano, eso me ha dicho. Debe de ser verdad.

Podía ser verdad, lo sería, claro, pero yo prefiero pagar los favores. Así los límites están mucho más claros. Lo único que le recomendé a Diana era que no recurriera a ella con excesiva frecuencia. Diana sonrió, condescendiente, como si mis palabras estuvieran de más. Ella sabía perfectamente cómo actuar.

El caso fue que no hizo falta llamar a Selina, porque Selina empezó a visitar a Diana cuando no tenía nada que hacer y quería hablar con alguien o simplemente salir de su casa. Y luego le decía a Diana que si quería irse un rato de compras o lo que fuera, que ella se quedaba al cuidado de Zoe. Y tarde sí, tarde no, la cosa fue que Selina iba mucho por casa. Diana estaba encantada. Y, de paso, yo. No sólo porque Diana, libre ya de la sensación de encierro de los primeros meses –ahora salía casi todas las tardes, hacía sus recados y hasta quedaba citada con alguna amiga–, siempre me recibía de muy buen humor, sino porque me gustaba encontrarme con Selina al regreso del trabajo. No coincidía mucho con ella, porque Diana solía poner fin a sus incursiones mundanales antes de la hora de mi regreso, pero cuando me la encontraba, sonriente, sentada en el sofá, o viniendo por el pasillo con un vaso de agua, o incluso con la pequeña Zoe en brazos, acunándola, me estremecía un poco. Un estremecimiento de placer. Sí, había algo entre nosotros. No le sonreía de aquella manera tan dulce, tan entregada, a todo el mundo. A mí, su sonrisa me invitaba a algo. No me podía engañar.

Es más, había sido ella quien había iniciado aquel juego de miradas y sonrisas. Al principio, yo ni siquiera había caído en la cuenta de lo guapa que era. Había sido de pronto, mientras fregaba los platos y le lanzaba largas miradas, cuando ella había alzado los ojos y había sonreído. La iniciativa había partido de ella.

Si algo quiere, me lo hará saber, me decía yo a veces. Si algo tiene que suceder, sucederá. Pero no estaba nada seguro. Las cosas podían seguir así eternamente, hasta que los portugueses se fueran del barrio o de la ciudad o nosotros nos mudásemos de apartamento. Todos estábamos viviendo allí de forma provisional, aún éramos todos muy jóvenes. Sí, ¡qué jóvenes éramos!, la misma Zoe era diminuta, tan inconsciente aún de todo, tan inocente, tan nuestra. ¡Ay, Zoe, quizá sea a ti a quien ahora le esté contando esto, este recuerdo que está tan ligado a ti!

Como dice la canción, nunca llueve en California del Sur. Y tampoco se distinguen bien los veranos del resto de las estaciones. La niebla es algo más densa y pesa más. La gente va a la playa, pero el agua sigue muy fría. Las chicas se visten más ligeras. Hay más bañistas alrededor de la piscina, más nadadores atravesándola una y otra vez. Fue allí, junto a la piscina, donde el acuerdo entre Selina y yo se hizo explícito. Las cosas tienen su propio modo de discurrir, su lógica. Si había algún sitio donde nos hubiéramos podido encontrar –rodeados de gente, pero solos– era allí, en el inocente ajetreo de los baños, una nublada, un poco sofocante, mañana de domingo. Fue una breve conversación, los dos sentados al borde de la piscina y con los pies sumergidos en el agua, bañándose por su cuenta.

De repente, ella dijo: Sueño contigo, sueño todas las noches. Lo dijo dulcemente, casi triste.

–¿Soñar?, ¡yo también sueño, pero no es del todo sueño, es que lo imagino, lo veo!

Selina sonrió, pero de otra manera, como para sí misma.

–¿Entonces? –preguntó.

Apresuradamente, le dije:

–Espérame mañana a las doce a la entrada del aparcamiento del supermercado, junto a la parada del autobús.

Me quedé asombrado de mis propios reflejos. Era un buen lugar para quedar con alguien. Siempre hay gente alrededor de la parada del autobús y a unos pasos del supermercado, gente que mira hacia la carretera con cierta impaciencia, vecinos cargados con bolsas marrones de papel que sólo están pendientes de que no se les caiga nada y de no tropezar. La mayor parte, ancianos.

Entonces Selina, en un movimiento que me pareció de auténtica bailarina, sacó los pies del agua, los puso sobre la baldosa y se levantó de un salto.

–Te veo mañana –susurró antes de despedirse.

La vi alejarse –a paso ligero, como parte de la misma danza– hacia su patio, cuya puerta había dejado entreabierta. ¿Era verdad lo que me había dicho?, ¿era cierto que habíamos quedado citados? Habíamos hablado en voz tan baja y pronunciado tan pocas palabras que, una vez que me encontré solo, no estaba seguro de nada. Sin embargo, de forma automática, seguí pensando, ¿adónde podía llevarla?, ¿a qué amigo de confianza podía pedirle que me prestara su casa por unas horas? Y, nuevamente, encontré, rapidísimamente, la respuesta. Mi amigo Chuck aún compartía casa con viejos, renqueantes hippies, aún se aferraba a esos mitos que habían iniciado su declive años atrás. Precisamente me lo había encontrado hacía tan sólo un par de días en el Saky's del centro comercial donde tenía su sede el taller. Me asombró ver a Chuck en una hamburguesería, porque era vegetariano.

–Aros de cebolla –me dijo, en respuesta a mi expresión de sorpresa, y señalando la pequeña bolsa, impregnada de aceite, que reposaba sobre el plato de cartón.

–¿Tú sabes la cantidad de aceite que le han echado a eso? –le pregunté, sólo para picarle un poco.

Se encogió de hombros.

–Es aceite vegetal –dijo.

Llevaba, como siempre, el pelo rubio ceniza recogido en una coleta y una gargantilla de cuero con una turquesa. No sé si la de siempre. Vivía muy cerca, también desde siempre, desde los tiempos universitarios, en una casa que compartía con viejos amigos. Un resto de comuna hippie. Me explicó dónde estaba, a unos pasos por detrás del taller, y me animó a visitarle siempre que estuviera aburrido de trabajar y me pudiera escapar a tomar un café y a echar una calada a un canuto. ¿Yo ya no fumaba? Bueno, él sí, por supuesto, pero sólo material de primera, lo mejor que se podía conseguir.

Casi podía considerarse que el encuentro con Chuck había sido como un aviso, una premonición para la aventura con Selina.

Por la tarde, con cualquier excusa –seguro que faltaba algo imprescindible en nuestra nevera, leche, huevos, cervezas...–, me acercaría hasta su casa y le pediría prestado su cuarto. Algo me decía que Chuck se encontraría en su jardín, dejando pasar lentamente la tarde del domingo.

Y allí estaba, efectivamente, medio echado en una tumbona, fumando y escuchando música, en el jardín trasero de la casita que respondía a todos los tópicos del ya languideciente movimiento hippie. Muros desconchados, porche lleno de plantas, cascadas de colgantes de láminas de cuarzo y metal.

Durante mucho tiempo, Chuck y yo habíamos compartido los gustos musicales. Aún teníamos mucho en común. Nos pusimos a hablar y casi se nos echa la noche encima. Una noche clara, de verano, sin oscuridad. Le dije a Chuck que necesitaba su cuarto para el día siguiente, sólo por unas horas.

–Mañana estaré fuera todo el día –dijo–. Ven cuando quieras, la puerta está abierta.

Se quedó allí, en la tumbona, tal como estaba cuando me lo encontré, fumando y oyendo música.

Le dije a Diana que me había costado encontrar cervezas, que había tenido que recorrer varias tiendas. Unas estaban cerradas, otras no vendían nada que tuviera alcohol, ni siquiera cerveza.

–Ya lo sé –dijo–, no necesitas explicarme nada, te has retrasado y punto.

Pero no estaba enfadada. Entendía que uno quisiera escaparse un poco de casa. Me sentí tan agradecido que preparé la cena. Incluso canturreé, siguiendo el ritmo de la música –sin hacer uso de los auriculares–, ayudado, todo hay que decirlo, por la media docena de largas caladas que le había dado a los canutos de Chuck. Bendito Chuck, pensaba, bendito movimiento hippie, larga y feliz vida para los hippies.

Me costó un poco sumergirme en el sueño, ¿acudiría Selina a la cita? Quién sabe, a lo mejor se arrepentía o algo se lo impedía.

Salí temprano de casa con la idea de llegar muy puntual al trabajo, ya que planeaba ausentarme durante un buen rato. Enseguida comprendí que no iba a tener el menor problema. Tom, el encargado, estaba de viaje. Y cuando no estaba Tom, cada uno iba a su aire.

A las doce menos diez me encontraba frente a la parada del autobús, vigilando dentro del coche, que aparqué en la boca de un callejón. Selina llegó a las doce y cinco. Di la vuelta, le hice una seña y subió al coche. ¿Quién podía vernos?, cualquiera que pasara por allí. Por esa vía pasan muchos coches, una parte de todo ese río de coches que, a cualquier hora, recorren las avenidas de Los Ángeles y la dividen en innumerables barrios separados entre sí, unos más ricos que otros, más o menos poblados, con habitantes y costumbres distintas, razas distintas, mezcladas en unos casos, en otros aisladas. O blancos o negros o hispanos o coreanos. Sólo ves eso.

En nuestro barrio, de mayoría blanca, ves un poco de todo lo demás. Eso meditaba vagamente yo mientras esperaba a Selina, semiescondido en el callejón, frente a la parada de autobuses. Bueno, cada uno va a lo suyo, la gente no parece muy interesada en la vida de los otros.

Selina llevaba su largo pelo oscuro suelto y unas enormes gafas de sol que casi le cubrían la cara. Hay cientos de chicas como ella. De lejos. No parecía nerviosa. Se subió enseguida al coche, cerró la puerta sin hacer apenas ruido y se dejó llevar.

No hablamos mucho durante el trayecto. Ella no dominaba el inglés. Le hice algún comentario sobre cosas, edificios, parques, carteles, que estaban a nuestra vista, pero no sé si ella me entendía. Sé que hablo muy deprisa, mucha gente no me entiende bien.

Al salir del coche, la cogí de la mano. Ella la dejó dentro de la mía, sin hacer la menor presión, como quien está a la espera, quien no sabe lo que va a pasar. Sin expectativas, sin temor.

La puerta de la casa, que daba al porche, estaba, efectivamente, abierta. Al pasar por delante de la cocina, vi a Helen, ¿qué hacía allí?

—¡Jonathan! —dijo ella—. ¿Eres tú?, ya no se te ve por ningún lado, ¿te has aburguesado?

Yo había tenido un lío largo con Helen. También Chuck lo había tenido. Comparada con Selina, que era muy ligera, casi etérea, Helen parecía una especie de matrona, pero aún resultaba atractiva. Más sólida que nunca, terriblemente real.

Nos invitó a tomar té. Lo acababa de hacer. Nos sentamos alrededor de la mesa de la cocina y Helen empezó a hacerme preguntas sobre mi vida, sobre Diana y Zoe.

Selina, que se había quitado las gafas de sol, se las volvió a poner. También se había soltado de mi mano. Se la volví a coger y tiré de ella. Le dije a Helen que íbamos al cuarto de Chuck.

—Claro, claro —dijo, atropelladamente—. Es arriba, el segundo a la derecha.

El cuarto de Chuck era un caos. Sin embargo, la cama estaba hecha y las sábanas, limpias, olían a suavizante.

Hacía calor en el cuarto. El sol, envuelto en la neblina deslumbrante del mediodía, penetraba, sin obstáculos, por la ventana abierta en el tejado inclinado. Sólo se veía el cielo.

Amé a Selina. La desvestí y la amé y sentí que merecía la pena vivir una cosa así. Vislumbrar esa vida que nunca conocería. Perderme en esa intimidad que no era el umbral de nada, era mero abandono, apasionada entrega. Amé a Selina como nunca he amado a Diana, ni a Helen, ni a ninguna otra. Es verdad que siempre se ama de una forma distinta, pero a veces uno siente que lo que está sucediendo es lo más raro que le ha pasado nunca, no sabe por qué, puesto que se trata de algo conocido, pero en algún lugar reside una incógnita que lo abarca todo. La desaparición, quizá. Esto no se volverá a repetir, siente uno esa voz dentro de la cabeza, una voz muy baja, un susurro.

Busqué en la mesilla de noche de Chuck. Nos había dejado material, papel de fumar y cerillas. Fumamos lentamente, agotados, sudorosos, felices. Selina se reía, tendida, desnuda, a mi lado.

A veces me pregunto si Selina me dijo algo al despedirse, cuando la dejé de nuevo en la parada del autobús, frente al supermercado. No lo recuerdo, yo estaba en una nube, ni siquiera retuve su sonrisa, si la hubo. Seguro que la hubo, ¿cómo se iba a despedir sin una sonrisa? Tampoco me pregunté si la volvería a ver, si volvería a encontrarme con ella a solas en la habitación de Chuck o en cualquier otra habitación. La razón estaba lejos, la felicidad me inundaba. Había sido mi primera cita secreta después de haberme casado con Diana, y había vuelto a fumar marihuana después de mucho tiempo. Yo estaba hecho para eso, para citas secretas, para navegar por nubes de placer. No quiero perderlo, me dije, esto lo tengo que conservar, es mío, en todo esto me reconozco.

Estuve en esa nube todo el día, tan fuerte me había pegado el material. El taller, sin Tom, era una bicoca. El resto de los empleados era gente normal, con quien podías hacer bromas y hasta tomarte una cerveza después de trabajar. Eso fue lo que hice aquella tarde.

Llegué a casa alegre, pero relativamente sobrio. No soy

de los que se emborrachan con facilidad. Y sólo al día siguiente me pregunté si la volvería a ver, si me encontraría enseguida con Selina o dejaría pasar el tiempo, porque me asustó un poco aquella intensidad. La posibilidad de perder la cabeza. ¿Qué tenía en común con ella?, ni siquiera podíamos hablar. Muy poco, con su inglés torpe y lento. Unas frases cortas. Algunas, incomprensibles.

Me ponía las gafas de sol para fregar los platos, esas que son como espejos para los otros. Evitaba salir al patio, iba deprisa por las calles del barrio. Si la veía, tendría que pararme, tendría que decirle: ¿Cuándo nos vemos otra vez?, tendría que volver a hablar con Chuck y quizá volver a tomar un té con Helen en la cocina de la casa hippie. Y después sí, después volvería ese eterno rato de placer. El calor de la buhardilla, el sudor, la entrega de Selina, mi pérdida total, mi desaparición.

Quería encontrármela, ésa es la verdad. Pero era ella quien ya nunca se dejaba ver.

—No sé qué le habrá pasado a Selina –dijo Diana–. Ya no me viene a ver. Puedo arreglármelas con Zoe de otra manera, hay muchas estudiantes que se dedican a cuidar niños en sus horas libres. No será difícil dar con una, pero me extraña que haya desaparecido así, sin decirme nada. No hablaba mucho pero me caía muy bien y creía que yo también le caía bien a ella. No es que fuésemos amigas, pero sí, un poco sí, a nuestra manera nos entendíamos bien y con Zoe era muy cariñosa. No lo comprendo. Había pensado en ir yo a su casa y preguntárselo, algo le ha tenido que pasar, pero no me gusta meterme en la vida de los demás, ella ya sabe dónde estoy yo, si no dice nada, no sé, no quiero entrometerme.

Parecían haber desaparecido los dos, él, tan hablador, y ella, tan silenciosa. Sin embargo, seguían allí, su casa estaba abierta, habitada. No se les veía, eso era todo. Nunca te encontrabas con ellos.

Poco antes de que acabara el trimestre de otoño, unos días antes de las vacaciones de Navidad, apareció el cartel ante su puerta. El domingo iban a organizar en el pequeño jardín delantero de la casa una exposición de muebles y objetos para vender. Un *garage sale*. La gente los organiza cuando se muda a sitios lejanos adonde no tiene ningún sentido llevarse los trastos. Si sólo te mudas de barrio te llevas todo contigo, naturalmente. Los portugueses se iban, ésa era la noticia que se extendió por la vecindad. Antes de lo previsto, al parecer. Hay extranjeros que no se adaptan, que de pronto sienten añoranza de su país. Algunos ni siquiera se despiden de sus conocidos. Se van corriendo, como si huyeran.

El domingo por la mañana pasé por delante de su puerta. Había muchas cosas y objetos menudos. No se habían hecho con muchos muebles. Estaban las bicicletas, que ya habían sido compradas de segunda mano, y platos, cazos, vasos, tazas... Le pregunté al portugués por el precio de las tazas. Se rió, tan simpático como siempre.

–Te las regalo –dijo–. Llévatelas de recuerdo.

–Así que habéis decidido marcharos.

–Sí, ya sabes, el hogar tira mucho. Uno quiere viajar, ver mundo, pero se echa de menos a la familia. Sobre todo ella, Selina. Tiene cuatro hermanas... No es lo que parece, ¿sabes? En realidad, ella es mucho más comunicativa que yo, pero aquí no tiene muchas personas con las que hablar...

Seline estaba en el umbral de la puerta. Detenida. Mirándome. Yo tenía en mis manos dos tazas de café. Eran bonitas, de cerámica oscura con un brillo de cobre.

—Eduardo me las ha regalado como recuerdo, no me ha dejado pagarlas –alegué, yo también detenido, inmóvil.

Asintió, seria, como si estuviéramos tratando de un asunto grave.

Tomé las tazas por el asa, dejé la mano derecha libre. Se la tendí a Eduardo y le deseé suerte. Me acerqué a Selina. Retuve un instante su mano dentro de la mía. Hubiera querido apretársela con fuerza, un rato eterno, y decirle muchas cosas, hablar mucho con ella. Pero fue un apretón de manos fugaz y no le dije nada.

Volví a casa, con las tazas de café aún colgadas de una mano. La otra mano libre, desnuda, mirando hacia el suelo.

ESPEJOS

Hace tiempo que no sé quién es la persona que habita al otro lado del espejo, me resulta una persona absolutamente desconocida, alguien a quien quizá vi por la calle o con quien crucé un par de frases no se sabe en qué lugar, puede que me suene de algo, pero desde luego he olvidado su nombre, si es que lo supe alguna vez, he olvidado de qué la conozco, dónde y cuándo la vi, qué hablé con ella, esa persona no significa nada para mí.

Eso me llena de perplejidad, porque estoy aquí, a este lado del espejo, y se supone que la persona del otro lado es simétrica, soy yo vista en sentido contrario, yo mirando hacia el norte y no hacia el sur, hacia el este y no hacia el oeste, o quizá al revés. ¿He cambiado tanto?, ¿cuál de las dos es la verdadera, la de aquí o la de allá? Por un momento creo que soy yo, la de este lado, la que ahora mira hacia abajo, hacia su mano, y la lleva a la cadera, palpándosela. Soy yo la verdadera, la que toca con su mano la cadera, ésta soy yo. Pero levanto los ojos y me encuentro a la desconocida haciendo el mismo gesto que hago yo, sólo que ella lo hace con la mano derecha, me imita de una forma rara, no sé quién puede ser esa persona.

Cuando era joven, antes, probablemente, de cumplir los veinte años, siempre me reconocía en el espejo, no porque supiera con exactitud cómo era, no se trataba de eso, me sentía muy desorientada, me extrañaban las cosas que me decían, las cualidades que me atribuían, los defectos que me achacaban, no entendía cómo todo el mundo parecía conocerme tanto, definirme tanto, sino porque a la joven del otro lado del espejo siempre le pasaba lo mismo que a mí. Esa joven era la única persona del mundo capaz de comprenderme. Las dos nos sentíamos perdidas, nos mirábamos fijamente, buscando un punto de apoyo la una dentro de la otra, nos necesitábamos, estábamos férreamente unidas, y aunque no había ningún signo externo que certificara esa unión, nunca se me ocurrió pensar que esa persona tuviera una vida independiente de la mía. La veía tan igual a mí que ni siquiera reparaba en el hecho de que se movía en sentido contrario al que me movía yo.

Alzaba los brazos, me recogía el pelo en lo alto de la cabeza, ¿qué te parece?, le preguntaba, todo nos va a ir muy bien, no lo dudes, no tengas miedo. Porque teníamos miedo, soñábamos con conquistar el mundo, y teníamos miedo. Nos lo preguntábamos la una a la otra mirándonos al fondo de los ojos. ¿Qué te parece? Yo creo que sí, que nos lo merecemos. Estábamos juntas. El espejo no nos separaba, nos unía. Nos apoyábamos mutuamente, estábamos en las mismas condiciones, padecíamos inseguridades y dudas, pero no nos fallábamos. Siempre estábamos ahí, una enfrente de la otra, para darnos ánimos.

No sé en qué momento esa persona –era una joven, luego fue una mujer, ahora sólo puedo decir que es una persona, ya sé que es mujer, pero me resulta tan extraña que no puedo singularizarla, se me escapa, más que una persona, es un ser–, no sé en qué momento ese ser del otro lado del espejo empezó a cambiar, a separarse de mí. No me di cuenta. A lo mejor le desatendí, a lo mejor fui yo quien empezó a cambiar, a separarme de él. Tengo la impresión, mirando un poco hacia atrás –lo justo, Dios mío, me horroriza mirar hacia atrás–, de que hubo una época en que casi me olvidé de esa persona, como si me hubiera dejado de interesar, como si todo el apoyo que me hubiera dado hasta el momento no me importara nada, como si ya no me sirviera. Buscaba otras miradas, otras complicidades. Le di la espalda a esa joven, mi íntima amiga, me adentré en un mundo que ella no podía ver, un mundo que no se desarrollaba allí, en los alrededores del espejo. Le escamoteé mi vida.

Ahora veo que, como es lógico, ella tomó sus medidas. Está claro que, una vez que comprendió que había sido abandonada –y, tal como ocurre en estos casos, ella, la abandonada, fue la primera en darse cuenta del abandono–, una vez que se vio sola, decidió marcharse, investigar por su cuenta en las otras habitaciones de la casa, las que no tenían espejo. Hizo su propio recorrido, se le nota en la cara. Me intriga un poco su vida, ésa es la verdad. A fin de cuentas, no soy capaz de imaginar una vida completamente distinta de la mía. ¿Habrá viajado?, ¿habrá dado la vuelta al mundo? Tengo la impresión de que ha vivido mucho. Esa mujer del otro lado del espejo, ese ser desconocido, ha vivido, estoy segura, más de una vida, porque se viven muchas vidas dentro de la vida, vidas que no tienen nada que ver unas con otras, que no se sabe cómo caben todas juntas en el saco de la vida de una sola persona. Esta persona del otro lado del espejo está un poco extrañada, cansada también, pero, sobre todo, distante, muy lejos, mucho más allá de la distancia que verdaderamente nos separa.

Hay algo en ella que, pese a esa lejanía, a esa esencial

extrañeza que suscita en mí, me recuerda algo, a mí misma, desde luego, ¿a qué, a quién si no? No en vano estuvimos tan unidas en el pasado. Compartimos la juventud. Lo hemos olvidado, pero ha quedado una huella, una sombra que aún nos persigue, aún se divisa si miramos un poco hacia atrás, sólo un poco, no puedo permanecer mucho tiempo con la vista clavada en el pasado, podría quedarme allí, atrapada.

Es por la ropa que lleva, una ropa que yo solía llevar en otro tiempo, o que quizá use aún para estar en casa, ropa gastada, pasada de moda, descolorida. Esta ropa me resulta vagamente familiar, puede que me haya pertenecido a mí o puede, incluso, aunque esto parezca un poco absurdo, que haya pertenecido a mi madre o a una de mis tías, ¿cómo podría ser eso?, ¿es que esta mujer, en sus recorridos por habitaciones sin espejos, entró en el dormitorio de mi madre o de mis tías y cogió ropa de los armarios? Ropa de estar en casa, en todo caso. Pero resulta una hipótesis demasiado extraña, ¿por qué razón habría alguien de hacer una cosa así?, ¿con qué intención?

El caso es que la ropa que lleva la mujer del otro lado del espejo me ha hecho pensar en mi madre. Mi madre dentro de casa, sentada en su butaca del cuarto de estar, con la mirada fija en un punto invisible, remoto, que no pertenece a nadie, que está fuera del mundo. Sorprendo a mi madre así, en esta postura, con esta expresión, muchas veces. Hasta que no estoy a su lado, no me ve, está tan abstraída, tan vinculada a ese punto invisible, que le cuesta mirar a su alrededor y vernos. Me mira un rato sin verme y al fin me ve. Hay sorpresa en sus ojos, como si ya no contara con eso, con verme.

La mujer del otro lado del espejo, que se parece un poco a mi madre, no sólo por la ropa gastada que lleva, no tiene la mirada perdida en un punto invisible. Su mirada se mueve por muchos territorios, por muchas vidas, es una mirada que aún no se ha detenido. Eso me produce un poco de alivio. Incluso cuando me mira cuando yo la miro a ella para tratar de saber quién es, a pesar del palpable cansancio que hay en sus ojos percibo ese movimiento. A esta mujer, me digo, la salva la inquietud. Aunque ella, eso está claro, esté cansada de esa inquietud.

Pero es verdad que se parece a mi madre, incluso a mis tías, no sólo por la ropa. Hay algo más. El peinado, los gestos. Yo trato de mejorar ese peinado. Francamente, creo que voy mucho mejor peinada que ella. Me cepillo el pelo, me lo ahueco. A veces, doy un tijeretazo aquí, otro allí, y el resultado no me parece mal. Habría podido ser peluquera. Las personas cambian mucho según el peinado que lleven, yo sé que cada persona tiene su peinado, el que más la favorece, el que se adapta mejor a lo que es. La mujer del otro lado del espejo aún no ha encontrado su peinado, se diría que no se ha esforzado mucho por encontrarlo. En esto me recuerda a mi madre, y también a mis tías. Quizá a mí en alguna época, en algún momento, no digo que no.

Y los gestos, no sé, los gestos tienen algo de universal. Quizá los gestos de mi madre también tenían algo de universal, o era yo quien la veía así, quizá yo miraba a mi madre en busca de algo que estaba por encima de nosotras, de nuestros nombres, buscaba algo universal, que me sostuviera por encima de mí, de lo que era y lo que podría ser, porque puede que yo fuera muy poca cosa, puede que nunca llegara a ser nada más, pero ¡qué maravilla si existía algo que me diera fe, seguridad, esperanza! Algo universal. Y en los gestos de esta mujer que vete a saber si es una mujer, una persona, un ser que ha fracasado, hay algo universal, y eso me consuela un poco del desconocimiento que tengo de ella. Tampoco estoy completamente segura de que esta mujer haya fracasado en todo, está envuelta en un aire de cierto desánimo, pero hablar de fracaso parece exagerado. Está cansada, lleva ropa gastada y pasada de moda, está despeinada, sus gestos expresan desánimo, pero ¿ha tirado la toalla? Todavía se apoya en lo universal, en lo que haya de universal en todo esto, en los espejos, en las miradas, en los cansancios.

Si sigo mirándola atentamente puede que acabe por reconocerla, pero mi interés decae, ¿qué me importa, en definitiva, esa mujer? Está ahí, al otro lado del espejo, lejos, se ha construido una vida propia –muchas vidas, en realidad– a mis espaldas, ¿es que necesita algo de mí?, ¿espera algo de mí? Indago en el fondo de sus ojos, no sé si quiere decirme algo, no está segura, tal vez no sea el momento, en otra ocasión, todavía no, aunque sería bueno que habláramos, que recordáramos, ¿no fuimos amigas en el pasado?, ¿no nos lo contábamos todo?, ¿no estábamos siempre ahí, apoyándonos mutuamente, cada una en su puesto, a uno y otro lado del espejo? Y la verdad es que no quiero investigar, estoy cansada, qué más me da quién sea esa mujer, esa persona, ese ser que me recuerda a alguien. Se fue alejando del espejo y ya no es tan fácil que se acerque, que me mire con confianza. Mejor será que vuelva a sus recorridos, a sus habitaciones sin espejos, que se pierda por ahí, que recorra el mundo otra vez, todas las veces que quiera. Yo, por mi parte, haré lo mismo, ¿por qué tendría que dar cuentas a nadie?, ¿de qué me sirvió, después de todo, el apoyo y la complicidad que me dio durante años?

Creo que eso fue lo que pasó, se cansó de mí. Le pesó tener que estar constantemente a mi lado, diciéndome que sí a todo. ¿Qué te parece?, le preguntaba yo, y ella siempre asentía, siempre me daba la razón. La buscaba por todas partes, por los espejos grandes y los espejos pequeños, los espejos de las paredes, los escaparates, los espejos de las cómodas y de los aparadores, los espejos de mano. Siempre estaba ahí, esperando, paciente, incondicional. Me sentaba para hablar con ella, me ponía cómoda. Me probaba ropa, me recogía el pelo detrás de la cabeza, me desnudaba, ¿qué te parece?

Quizá se fue quedando callada, dejó de asentir poco a poco o puso menos entusiasmo en sus respuestas. Me falló, eso es lo que pasó. Abusé de ella y se cansó de mí. Probablemente le pedí más de lo que podía darme. No se lo pedía, se lo exigía. En un determinado momento, mientras yo estaba distraída en una habitación sin espejos, decidió abandonarme. ¿Quién sabe si la persona que, pasado tanto tiempo, se acerca de vez en cuando al otro lado del espejo sigue siendo ella? Podría interrogarla, ponerla a prueba, ¿qué hace aquí?, ¿qué busca todavía?

La miro al fondo de sus ojos esquivos. ¿Qué te parece?, le pregunto, ¿qué te parece? Por unos instantes, unas décimas de segundo, su desconcierto se esfuma, creo que me ha reconocido, pero enseguida esa súbita lucidez desaparece. La mirada de la mujer del otro lado del espejo se vuelve opaca, y la mujer se va y yo también me voy.

PULSERAS

Esther Cobián tiene la costumbre de poner cierto orden en sus cosas durante los primeros días del año. Para empezar, dedica el día uno de enero a hacer recuento de sus joyas, que, según declara a la menor ocasión, no son extraordinariamente valiosas, pero que, poco a poco, han ido desperdigándose por varios joyeros y cajas de todas clases, de madera, de cristal, de metal e incluso de cartón.

Va vaciando una por una todas las cajas y joyeros. Vuelca el contenido sobre la colcha de la cama. Así, redescubre collares, broches y pendientes y los agrupa nuevamente, los collares por un lado, los broches por otro, los anillos, los pendientes, las pulseras... Y aún tiene que establecer, dentro de cada categoría, más clasificaciones, el color de las piedras, el tamaño... ¡Ay!, las joyas han ido aumentando, creciendo juntas, llamándose las unas a las otras. No las usa todas, pero así, puestas sobre la colcha, le gustan todas, y el día uno de enero Esther se hace el propósito de írselas poniendo en el curso del año, de airearlas un poco, de sacarlas a pasear.

De pronto, echa de menos las delgadas esclavas de oro que le regalara una tía abuela a quien, durante una época, iba de vez en cuando a visitar. La tía Charo, que murió hace un par de años. Era una anciana vivaz, interesada por todo lo que sucedía en el mundo. No se perdía los telediarios y leía el periódico –el *ABC*– de cabo a rabo. Tenía opiniones sobre todas las cosas, aunque no le importaba que la contradijeran. Cualquier persona que se tomara la molestia de explicar su punto de vista y, de paso, de estar un rato con ella, le caía bien. Un día, sin venir al caso, la tía Charo le regaló a Esther las siete pulseras de oro que ella llamaba siempre «mis esclavas» y que solía llevar puestas en la muñeca derecha. Se las quitó y se las tendió a Esther.

–Son ya muy juveniles para mí –dijo, justificándose.

Ciertamente, producían un tintineo muy ligero, un sonido que, de forma automática, remitía a la juventud. Esther, primero, intentó rechazarlas, pero, ante la insistencia de su tía, las aceptó, se las puso y le dio las gracias. Eso había ocurrido hacía unos siete años. Siete años, siete aros. Esther se ponía mucho esas pulseras. Sobre todo, en verano. Pero le daba miedo perderlas o incluso que la atracaran por la calle, porque brillaban como sólo brilla el oro.

¿Dónde las había guardado?, ¿cómo había sido tan poco cuidadosa con las esclavas de la tía Charo, una de las joyas más valiosas que tenía? Volcó sobre la colcha la caja grande de los collares largos. ¡Sí!, ahora recordaba que, en un momento de prisa, como la caja de los collares le quedaba más cerca, las había guardado allí. Y allí estaban, el oro finísimo de las pulseras sobresaliendo entre las gruesas cuentas de colores de los collares. Una, dos, tres, cuatro..., ¡no había más! Faltaban tres.

Por mucho que revolvió luego en las otras cajas, Esther no encontró las tres pulseras que faltaban. Ésta era la evidente conclusión: alguien se las había robado. Al estar mezcladas con los collares, al ser tantas, podían haber hecho pensar al ladrón que el robo pasaría desapercibido durante un tiempo. Y así había sido. Al ladrón, no. A la ladrona. A Esther no se le ocurría sospechar de Ricardo, su novio intermitente, ya casi más un amante más o menos fijo que un candidato a marido, sino de las asistentas y de las amigas a quienes, durante las vacaciones de verano, ella les pedía que fueran a su casa para regar las plantas, que eran la verdadera pasión de Esther. No las joyas, sino las plantas. De hecho, en parte, sus viajes de verano no se extendían muchos días por esa razón, para no alejarse durante mucho tiempo de sus queridas plantas.

Los viajes eran la tercera pasión de Esther, quizá la segunda, quizá prefería viajar a la bisutería, porque además en los viajes también se hacía con joyas de todas clases. De las plantas no podía prescindir, así que eso seguía siendo lo primero. Pero viajar le llenaba el alma. Preparaba sus viajes de verano meticulosamente, durante el resto del año, escogía, tras muchas cavilaciones, el destino, reunía información, iba pensando a quién decírselo, qué persona sería la perfecta compañera para ese viaje. A veces, iba con una amiga o un grupo de amigas, otras, con Ricardo. Eso dependía de muchas cosas, hay muchas variables en un viaje. Hay destinos más caros que otros, o más inseguros, más inciertos. Todo había de calibrarse bien. El asunto del riego de las plantas podía resolverlo el portero de la finca en la que se encontraba su estupendo piso, en Arturo Soria, pero Esther prefería que el piso lo ocupara, durante su ausencia, una amiga. Quería que las plantas tuvieran compañía durante todo el día, que no se sintieran abandonadas. En el jardín de la comunidad, había una magnífica piscina que hacía mucho más llevadero el verano madrileño, lo que suponía, para la amiga que se instalaba en él, una especie de vacaciones, un viaje particular de una zona de Madrid a otra.

Aquí es donde entro yo, la amiga que había cuidado de las plantas de Esther durante los tres últimos veranos. Una vez descartada la asistenta, en quien Esther confiaba ciegamente, yo era la presunta ladrona de las tres pulseras de oro que habían pertenecido a la encantadora tía Charo.

Y allí estábamos Esther y yo el dos de enero de 2006, en una cafetería del barrio de Salamanca, donde Esther me había citado con el pretexto de ir luego de compras, soportando cada una, lo mejor que podía, el papel que nos había tocado jugar. Yo, acusada de ladrona. Ella, extendiendo el dedo acusador hacia mí, ¡qué papeleta!

Naturalmente, la amistad se acababa en aquel mismo momento, las dos lo sabíamos. Pero eso, creo, ya no nos importaba. Lo tremendo, lo escalofriante, era la humillación. Era humillante ser acusada de ladrona. Era humillante acusar.

Yo no había robado las pulseras. Resulta que no soy ladrona, quizá por cobardía. No se me pasa por la cabeza apoderarme de lo que no es mío. Las transacciones clandestinas y prohibidas no van conmigo, me pongo a temblar nada más pensarlo. Pero no estaba dispuesta a hacer declaraciones del tipo «Juro por mi madre que no he sido yo». Si tenía que jurar alguna vez, que no fuera por no haber robado las dichosas pulseras de Esther.

El papel de Esther resultaba aún más patético que el mío.

–¿Tanto te importan esas tres pulseras? Aún te quedan cuatro –le dije.

Después de lo cual, me despedí de ella, con el propósito de no volver a verla en mi vida.

Con la excepción de aquel dos de enero, no vi a Esther durante todo el año 2006. Y en lo que llevábamos –dos días– de 2007, tampoco la había visto. Pero ese dos de enero de 2007 escuché su voz al otro lado del hilo telefónico.

Como todos los uno de enero de todos los años, Esther se había puesto a ordenar sus joyas, que –aprovechó para decirlo, en tono de queja–, sin ser muy valiosas, eran muchas y crecían año tras año.

–No te lo vas a creer –dijo a continuación–, pero ¡he encontrado las tres pulseras que me faltaban de las esclavas de la tía Charo!, ¡qué avergonzada estoy!, ¿podrás perdonarme? No entiendo qué me pudo pasar para acusarte, se me fue la olla, quería mucho a la tía Charo, era muy especial, me lo consentía todo, con ella tenía mucha confianza, no se enfadaba nunca conmigo, le gustaba discutir conmigo, era genial, de verdad. ¿Podrás olvidar todo este asunto?, me ha pesado durante todos los días del año.

–¿Dónde estaban las pulseras?

Titubeó, como si jamás hubiera esperado que le llegara a hacer esa pregunta.

–¡Ay!, en el fondo del armario, detrás de los zapatos, se me debieron de caer una noche al dejar los zapatos allí, estaría un poco borracha, no sé qué día fue... ¡Perdóname, por favor! ¿Sabes lo que he hecho con las pulseras?, ¡se las he regalado a la asistenta! Ha sido como un mensaje que me ha enviado la tía Charo desde el más allá. No puede ser que por culpa de sus pulseras yo pierda a una amiga. ¡Tengo tanto que aprender!, todo esto ha sido una prueba para mí, ¡qué mal me he portado contigo!

Le dije que sí, que la perdonaba.

Pero no estaba segura de poder hacerlo. No estaba nada segura de que Esther hubiera encontrado las pulseras que le faltaban. No me las podía enseñar, en todo caso. Como prueba, no existían. Puede que su llamada hubiera sido pura estrategia. Era verdad que por culpa de las dichosas pulseras ella había perdido a una amiga, la amiga que le había resuelto durante tres años sus viajes de verano. O había tenido un acceso de culpabilidad o estaba ya pensando en su futuro viaje del verano, ¿cómo lo habría resuelto el año pasado?, ¿a qué otra amiga habría recurrido si es que al final no le había dejado al portero el encargo de regar las plantas? Tuve la certeza de que, en uno u otro caso, aquello era un montaje. Esther aprovechaba los inicios del año nuevo, el nuevo orden que establecía en sus cosas, para reconciliarse conmigo.

Había algo allí que no me casaba. No me imaginaba a Esther borracha y tirando los zapatos al fondo del armario. Era una imagen que se negaba a venir a mi cabeza, nunca había visto a Esther bebiendo, no ya de más, sino una mísera copa de vino. Si eso no era cierto, alguien había tenido que robar las pulseras, a no ser que las hubiera perdido la misma Esther o las hubiese tirado a la basura, confundidas con algo.

Ese pequeño asunto de las pulseras, en todo caso, estaba completamente en sus manos, y eso era lo que me daba rabia. Podría perdonarla, naturalmente. A mí el perdón no me cuesta nada. Es el rencor lo que cuesta, lo que pesa. Esther me había dejado de gustar, había hecho, y la había sostenido con firmeza, una acusación injusta. Sí, ahora lo sentía mucho, quería muchísimo a su tía, se excusaba, se le habían cruzado los cables, pero eso no borraba el mal rato que me había hecho pasar en aquella cafetería del barrio de Salamanca, un dos de enero de hacía exactamente un año, cuando yo había sido acusada de ladrona. Se había sacado de la manga, para dar una explicación al misterio, a una Esther tambaleante, completamente desconocida para mí, entrando en su casa por la noche, quitándose la ropa, los zapatos y las joyas muy deprisa, descuidadamente, tirándolo todo al suelo, al fondo del armario, ¿qué Esther era ésa?, ¿por qué nunca, durante tanto tiempo, me la había mostrado?

Se me pasó por la cabeza la idea de investigar por mi cuenta. Confirmar si era o no cierto que Esther le hubiera regalado a su asistenta las dichosas tres pulseras. Podía pedirle a Nieves, mi asistenta, ya veríamos con qué excusa, que telefoneara a Esther y averiguara los días en que María, su asistenta, trabajaba en la casa. Hay que decir que Nieves es una mujer muy lista. Desde luego, yo no le confiaría la verdad del asunto. Nieves imaginaría que se trataba de un caso de celos, que había, en suma, hombres por medio. Tiene esa obsesión, la de los hombres, los ve por todas partes, empujando a la vida, causando, también, incontables problemas.

Conocer el horario de María era un asunto relativamente sencillo. Luego habría que abordar a María. Me imaginé la escena. María y yo en el piso de Esther. «¿No lleva puestas las pulseras que le ha regalado mi amiga?, son muy bonitas...», le digo yo. «¿De qué pulseras me está hablando?», contesta María. «¿Qué le importa a usted lo que me regale Esther?, ¿acaso eran suyas las pulseras?»

La escena se desvaneció, me reí un poco a solas y me olvidé del asunto.

Esther empezó a llamarme por teléfono cada quince días, cada semana, cada dos días. A la caída de la tarde. Me habla con una voz algo rota, desilusionada. Está claro que bebe más de la cuenta, desde luego. A veces, susurra: Tengo un peso en el corazón.

Y aquí me encuentro ahora, al cabo de los meses, otra vez en el piso que Esther tiene en Arturo Soria, en pleno mes de agosto en Madrid, con un calor de muerte. Esther está en Nepal, con Ricardo. Recurrió a mí a última hora. Ha sido un viaje casi improvisado y con pinta de ser decisivo. Esther dudó, ya no sabe si Ricardo le gusta tanto como antes, no ha vivido nunca con él, pasar unos días juntos y en un lugar tan lejano podría ser una prueba. Me lo pidió por favor, yo era su única amiga de verdad, la única a la que le puede contar cosas de sí misma, la única que la entiende. Si no me instalo en su casa durante su ausencia –sólo serán diez días–, no sabe si podrá marcharse, con el portero de la comunidad se lleva, ahora, fatal...

Es la hora de la siesta, me he dado un baño en la piscina, he comido gazpacho y pechugas de pavo y estoy echada en el sofá blanco del cuarto de estar, rodeada de plantas. Profusión de kentias. Hojas que crecen y se van abriendo poco a poco, como abanicos. Al anochecer, las regaré. No sé muy bien qué hago aquí, por qué no me negué a hacerle a Esther este favor. Por curiosidad, puede ser. Por falta de carácter, quizá.

Hay un momento, todos los días, más o menos cuando termino de regar las plantas y me sirvo una copa, en que creo firmemente que las pulseras están aquí, en la casa, y me pongo a buscarlas por detrás de los libros que llenan los estantes, en la cocina, entre los botes de arroz, de harina, de lentejas. Mis manos se mueven, nerviosas, autónomas, entre todos estos objetos ajenos. Es sólo un momento.

REGATAS

Hace algunos años, cuando mis hijos estaban a punto de casarse –aunque yo no lo sabía y puede que ellos tampoco–, yo tenía una especie de novio que era muy aficionado a la navegación. Como, además, era gallego, pasamos algunos veranos –fue un novio bastante duradero– a orillas de una de las Rías Baixas que, en su opinión, era la mejor para navegar. Era un navegante solitario, pero a veces me pedía que lo acompañara porque no quería que yo me perdiera la intensidad de esa experiencia ni la belleza que la tierra adquiría contemplada desde el mar. Era un hombre muy posesivo y no entendía que yo prefiriese quedarme tranquilamente en casa, haciendo mis cosas, paseando por la playa o nadando en las aguas de la ría los días en que, mágicamente, la temperatura del agua había subido unos grados. No entendía que fuésemos tan distintos.

Con mis hijos se llevaba muy bien. Era él, por lo general, quien les llamaba por teléfono cuando llevábamos un tiempo sin recibir noticias suyas. En su opinión, yo había sido una madre muy absorbente, y ahora que los dos vivían por su cuenta y tenían, los dos, novia, yo debía hacerme a un lado. Había otras mujeres en sus vidas. Yo tenía que encontrar mi propia distancia. Para empezar, las llamadas telefónicas –todo lo que oliera a control– las hacía él.

Un día de otoño, apareció en mi casa después de un viaje a Inglaterra que había durado una semana y me dijo que tenía algo importante que decirme. Prepárate, dijo, es una verdadera sorpresa. Como tenía la cara iluminada, comprendí que se trataba de algo que ya estaba hecho y ante lo que no cabía el menor arrepentimiento, algo que había ocurrido lejos de mí, que era estupendo para él, y que no necesitaba de mi aprobación. Todo eso lo comprendí a la velocidad del rayo. Así que cuando dijo: Me he comprado un barco, sentí una especie de alivio, porque, aunque mi imaginación no había tenido tiempo para atemorizarse ni para detenerse mínimamente en nada, ya se había formado en mi interior un conato de inquietud. Aquella adquisición no suponía, en principio, un problema grave.

Poco a poco, fui comprendiendo que un barco no es un objeto completamente inanimado. Un barco modifica las vidas no sólo de sus dueños, sino de quienes viven cerca de ellos. Como por aquel entonces Rafa y yo aún no vivíamos juntos, el barco todavía no había demostrado todo su poder.

Era un barco clásico, de madera, hecho en Escocia, de nueve metros de eslora y tres de manga –aprendí algunos términos marineros–, y Rafa lo hizo traer desde el puerto de Falmouth, donde había dado con él a través de una agencia dedicada a la compraventa de barcos clásicos, hasta el puerto de la ría gallega donde solíamos pasar los veranos. No lejos, por cierto, del pueblo donde la familia de mi ex marido, que también era gallego, había tenido la casa solariega. Cosas que pasan.

Los dos primeros veranos del barco, que llevaba el misterioso nombre de *Malabar*, fueron tranquilos. Era un barco que te conquistaba enseguida. Pequeño, acogedor, sólido y, hasta cierto punto, cómodo. Tenía inconvenientes, por supuesto. Como habían querido hacer la cabina bastante amplia –a su anterior propietaria, una mujer de cierta edad y medio hippie, le había servido de vivienda–, habían dejado poco espacio en los pasos laterales de cubierta, y transitar de popa a proa, o viceversa, no era un asunto fácil. Por la misma razón, la cabina resultaba demasiado alta si te sentabas en la bañera mientras llevabas el timón, por lo que tenías que permanecer de pie. Pero lo peor, con mucho, era el exiguo váter. Siempre te dabas con la cabeza cuando te agachabas o al bajarte o subirte el pantalón. Y si ya creías que esta vez todo había ido bien, zas, te golpeabas contra la puerta, que había que dejar abierta para poder maniobrar. Pero ¿qué barco no tiene un inconveniente?

Me fui haciendo poco a poco a él y muchas tardes salía con Rafa a navegar. Yo preparaba una nevera portátil para hacer a bordo unos martinis –una modalidad especial de martini que me inventé expresamente para facilitar la elaboración en esas condiciones–, y regresar llenos de energía al puerto a la hora del crepúsculo. Y siempre en busca remotamente esperanzada del famoso rayo verde, el último de la tarde, que nunca vimos.

Cuando tomamos la decisión de vivir juntos, no consideré el asunto del barco. Rafa se ocupaba del *Malabar*, puede decirse que estaba en permanente contacto con él –o con «ella», como dicen los ingleses y como decía Rafa– y yo, simplemente, le escuchaba cuando me hablaba de él o de cualquier otro asunto referido a la navegación. El *Malabar* era algo casi exclusivo de Rafa y no interfería en nuestra vida en común.

Llegó el verano y nos fuimos a nuestra ría gallega. Rafa, sin consultármelo, apuntó al *Malabar* en una regata de barcos clásicos. Los navegantes son insaciables. A Rafa no le bastaba con nuestros estupendos aperitivos a bordo. Ya desde el verano anterior se le había metido en la cabeza participar en una regata de barcos clásicos que se celebraba todos los años, a finales de agosto, en la ría de al lado, al sur. Cuando al fin supe que se había apuntado para competir en la regata, le pregunté con qué tripulación contaba. Vendrás conmigo, por supuesto, dijo, va a ser una experiencia estupenda, no me gustaría que te la perdieras. Podías habérmelo preguntado, contesté. Pero Rafa se rió: ¿Es que me ibas a decir que no?

Era una mañana de finales de agosto, luminosa, tranquila. El *Malabar* se deslizaba con suavidad, a motor, porque apenas soplaba viento. Rafa, cada cierto tiempo, reclamaba: Posición. Entonces yo me metía en la cabina y consultaba el mapa con un artilugio que indicaba el punto exacto en el que nos encontrábamos. Así fui señalando una serie de puntos –y la hora correspondiente– que coincidían con la línea que Rafa había trazado con anterioridad. Toda esa preparación le había tenido entretenido durante muchas tardes. Superamos, a babor, los Xidoiros y la península de El Grove, fuimos dejando islas a estribor, Rúa, Bionta, Salvora, mientras yo tomaba nota de nuestra posición. Fue relativamente sencillo. Ya en la otra ría, con la isla de Ons a estribor, izamos las velas y apagamos el motor. Soplaba un viento muy suave. Una brisa. ¿No es un placer?, decía Rafa, mirando, extasiado, la inmensidad del mar por el que navegábamos prácticamente solos.

Nos costó dar con nuestro destino. Hasta que no lo tuvimos delante, no vimos el puerto donde debíamos atracar. Tuvimos que fondear, porque no había plaza de atraque. Casi mejor, ya no teníamos que poner las defensas. Yo había hecho prácticas con el nudo en el último tramo de la travesía, pero lo hacía lentamente y llena de dudas, así que me evitaba ese escollo. Un joven muy sonriente nos llevó a tierra en lancha. Momentos después, sentados en la terraza de un bar, ante una ración de pulpo y dos copas de albariño –y ese mar que habíamos recorrido al otro lado del espigón del puerto–, nos recorrió la oleada de placer que se produce cuando se alcanza una meta y lo que se consigue es casi mejor de lo que se había imaginado. Esa mezcla de cansancio y abandono que invade el cuerpo. Ya no se quiere ir a ninguna parte, sólo estar allí, disfrutando plenamente de la recompensa, el aire tibio, el paisaje, la comida, el vino, el bienestar.

Nos llevaron en coche al hotel, que estaba en otro pueblo, descansamos un rato, dimos una vuelta y estuvimos buscando un lugar donde cenar. Nos decidimos por una tasca que tenía pinta de haber estado allí toda la vida. Sólo había otra mesa ocupada. Una pareja de portugueses daba cuenta con mucha alegría de los platos y platos de comida que no cesaban de llegar a su mesa. Veíamos el mar a nuestros pies mientras cenábamos. Surgía, dentro del marco de la puerta abierta, al pie de unas escaleras que partían de la terraza, a unos metros de nuestra mesa. Una gaviota iba y venía, torpe, impertinente. Era un cuadro pequeño, el mar azul, que iba recogiendo la luz del crepúsculo, la arena amarilla, la gaviota torpe y autosuficiente.

Rafa se reunió con los capitanes de los otros barcos después del desayuno. Yo me senté en un banco, bajo los plátanos, frente al puerto. Abrí un libro. Una mujer bajó a la playa, dejó la toalla en una rampa y echó a andar por la arena despacio, con paso señorial, como si esa pequeña porción del mundo le perteneciera. Cuando llegó al extremo de la playa, se metió en el agua y permaneció un rato allí, entre las barcas amarradas, flotando y braceando, como si estuviera en una piscina. Pensé en mis baños de todos los días y vagamente lamenté que aquél no fuese mi lugar, la playa que yo recorría y en la que me bañaba.

Surgió, no sé de dónde, una pareja de mediana edad. La mujer, vestida de amarillo, falda larga, pamela de paja, fue hasta la orilla y empezó a hacer poses, sonriendo. El hombre llevaba una cámara de fotos. La sesión duró algunos minutos. Ella decía, «Sácame ahora», adelantaba una pierna y se subía un poco la falda. Pasaron luego por detrás del banco donde yo estaba sentada, cogidos de la mano, y se esfumaron.

Aire señorial en una mujer y aire de cabaret en otra. Dos mujeres de cierta edad, voluminosas. A primera hora de una mañana soleada, sin una gota de viento, vi fragmentos de sus vidas, la rutina de una, las fantasías de otra. Yo hacía como que leía, pero observaba desde el banco a la sombra de los plátanos.

Apareció Rafa, con la carpeta de las instrucciones, que leyó atentamente varias veces, y volvimos al puerto. No había el menor atisbo de viento, ése era el problema. Los barcos, ya con las tripulaciones a bordo, se miraban unos a otros, inmóviles, sin saber en qué emplear sus fuerzas. Volví a sacar mi libro y me instalé a leer en cubierta. Ésta es la vida del mar, pasas ratos de un calor de muerte, a la espera del viento. Pero las previsiones eran buenas, dijo Rafa, el viento saltaría de un momento a otro, aunque no se sabía por dónde. Por un lado, yo prefería que saltara cuanto antes, viniera por donde viniera, y que acabara ya todo aquello. Por otro, que no saltara jamás y que la regata se suspendiera, pero algo me decía que eso no iba a suceder. Los barcos se fueron poniendo en marcha y daban vueltas alrededor de lo que parecía ser el punto de partida de la regata. Íbamos de aquí para allá, matando el tiempo. Guardé mi libro.

Una lancha con periodistas a bordo se paseaba entre los barcos, sacando fotografías. El *Malabar* era el barco más pequeño de todos, nosotros, la tripulación más exigua –no había ninguna otra pareja, todo eran grupos– y, probablemente, la de más edad. Los fotógrafos pasaban casi de largo. Nos echaban una ojeada indiferente y cambiaban de rumbo.

Tampoco íbamos vestidos como los demás. Rafa se había empeñado en ponerse una camisa hawaiana que le había traído de uno de mis viajes, y aunque yo iba algo más apropiada, no podíamos competir con los jóvenes vestidos con jersey de polo blanco o azul y pantalón corto, todos uniformados, que componían las otras tripulaciones. Nos mirábamos unos a otros, de barco a barco, y nadie sonreía. Levanté un poco la mano en un par de ocasiones, como saludando, como diciendo qué le vamos a hacer, y es verdad que me contestaron con gestos parecidos y una breve sonrisa, pero, si no tomabas la iniciativa, no había el menor atisbo de comunicación. Se me puso un nudo en el estómago y me tomé un calmante. Afortunadamente, siempre los llevo conmigo. Son para las palpitaciones del corazón, producen un efecto meramente físico, pero sirven.

Al cabo de hora y media de tensa espera, saltó el viento. Entonces empezó el lío de las señales. Nos iban dando las instrucciones por radio y, como Rafa no oye bien –ha padecido vértigos y se ha quedado sordo de un oído–, yo tenía que prestar toda mi atención. Se habían decidido por el recorrido número 5, pero dejando las boyas –la Mourisca y la de En Medio– a estribor. Luego, regreso al punto de partida. De momento, teníamos que dirigirnos hacia el barco del jurado, ¿qué barco era ése? Nadie lo preguntó, como si fuera un deshonor tener dudas sobre ese asunto –la radio permanecía increíblemente callada–, y tuvimos la sensación de que todos andábamos un poco a ciegas. Íbamos a donde iban los otros.

A pesar de la confusión general, logramos seguir todas las señales. De pronto, me dijo Rafa que la regata ya se había iniciado. A lo largo de la competición nos mantuvimos más o menos por el medio. Barcos delante y barcos detrás. En los dos primeros tramos, no hubo problemas. Estábamos navegando tan bien que, cuando Rafa me explicó lo que era el *rating* –la relación entre el tiempo total que hacía cada tripulación y las dimensiones del barco– y que la regata no se resolvía hasta hacer, ya terminada, los cálculos sobre el papel, le comenté que tendría su gracia que al final ganásemos a causa del *rating*. Todo puede pasar, contestó, riéndose, pero esperanzado. En el último tramo el viento fue en aumento y yo me angustié. Me acometió una especie de desesperación, una intensa sensación de impotencia. Rafa luchaba por mantener el rumbo y la dignidad del barco, muy escorado, mientras yo iba de una a otra banda, cada vez que virábamos o trasluchábamos –cosas muy distintas, cuyas diferencias nunca entendí del todo–, siguiendo sus indicaciones. ¿Cómo me había dejado convencer para acompañarle? Lo lamenté por mí y por él, porque se le veía absolutamente empeñado en aquella empresa y, a pesar de mi inutilidad, no me hacía ningún reproche.

Al fin llegamos a la meta, luchando contra aquel viento infernal. Se había hecho muy tarde y Rafa comentó que probablemente suspenderían la segunda manga. Si nos consultan, votaré que sí, le dije. Ojalá se suspenda, este final ha sido espantoso. Nos comimos un buen trozo de empanada y bebimos vino, lo que quedaba de una botella abierta. Me disponía a abrir una nueva botella cuando nos convocaron para la segunda prueba. Si quieres, nos retiramos, dijo Rafa, no tiene ningún sentido que sigamos si lo pasas tan mal.

¿Qué sentido tenía haber hecho todo ese esfuerzo para luego retirarse dejando la empresa inacabada? Fugazmente, pensé en mis hijos, en quienes no quería pensar. ¿Qué íbamos a hacer el resto de la tarde si nos retirábamos de la regata? Pensaría en mis hijos, me llenaría de preocupaciones. Se me pondría esa cara de estar dándoles vueltas a las cosas, sin encontrar la salida, que a Rafa le fastidiaba tanto. ¿Dónde estás?, decía, ¿en qué estás pensando? Podía sufrir un poco más en mitad del mar.

Rafa se dedicó a preparar el barco para la segunda manga. Iba de aquí para allá, dejándome al timón. Rizó la vela —es decir, la bajó un poco— para no escorar tanto y, cuando se oyó el pistoletazo de salida, nos encontrábamos, por casualidad, en una situación estupenda. Dijo que habíamos salido muy bien, entre los primeros. Eso le puso muy contento. ¿Puedo abrir la botella de vino?, le pregunté. No, dijo. Necesitaba toda mi atención. Así que aguanté como pude. Lo cierto es que esa segunda manga fue mejor que la primera. Más breve y, gracias al rizo de la mayor, escoramos menos. Nos fueron adelantando los barcos, por babor y por estribor, todos mucho más grandes que el nuestro. Dos de ellos, de por lo menos cuarenta metros. Uno de estos barcos gigantescos, el *Clementina*, nos acosó por popa al adelantarnos. Nos gritó algo incomprensible y me lancé a dar explicaciones sobre por qué habíamos rizado la mayor, como si fuese algo prohibido o inconveniente. Rafa me mandó callar. No había ni que mirarles, teníamos preferencia. No tenían por qué decirnos nada.

En esta segunda manga llegamos los últimos con mucha diferencia, pero desde el barco del jurado, cuando alcanzamos la meta, nos aplaudieron igual que nos habían aplaudido cuando habíamos llegado en la primera manga, también los últimos, pero bastante más cerca de los otros. Me pareció un aplauso de consolación. Olvidémonos del *rating*, le dije a Rafa.

La operación de atraque, por lo demás, no resultó sencilla. Al coger la boya blanca que me tendieron desde la lancha me caí literalmente de culo a unos centímetros del ancla. Por poco me la clavo. Rafa no lo vio, pero yo sentí sobre mí la mirada acusatoria –asombrada de mi torpeza– de la tripulación del barco fondeado que quedaba más próximo. Debían de haber llegado hacía un rato y se relajaban en cubierta. Me miraban con atención, con frialdad.

La lancha nos llevó al puerto. Habían montado una carpa donde repartían cerveza y refrescos. No conocíamos a nadie y después de echar un vistazo nos fuimos a dar una vuelta por el pueblo. Yo quería seguir haciendo tiempo por ahí, pero Rafa quiso volver a la carpa. No vamos a quedar como unos antipáticos, dijo. Pero los antipáticos eran todos los demás. No sólo con nosotros, sino entre ellos. Observé –y era muy fácil reconocerlas, ya que los miembros de cada tripulación iban vestidos igual– que las tripulaciones no se hablaban entre ellas, constituían grupos separados, a la caza del vaso de vino, que había sustituido a la cerveza, y del canapé. Una de las tripulaciones contaba con amigos en el pueblo. Eran los que llevaban un jersey de polo blanco con el nombre del barco impreso sobre el corazón. Ellos sí estaban rodeados de gente que también se había puesto el jersey del equipo en señal inequívoca de apoyo. Reconocí, entre ellos, a la señora que se había bañado en el mar por la mañana, la mujer de porte señorial. Melena rubia y piel pecosa. Vestida de navegante, o pseudonavegante, tenía un aire más juvenil. Alguien nos dijo más tarde que ésas eran familias del pueblo de toda la vida, no sé si porque veraneaban allí o porque vivían allí durante todo el año. Sus casas estaban frente al parque, justo frente a la rampa por la que la mujer había bajado a la playa.

Rafa y yo nos recostamos en uno de los muros y nos dedicamos a lo que básicamente se dedicaban todos, a comer y a beber.

Uno de los miembros de la organización se acercó un momento a nosotros. Puede que haya sorpresas, dijo, sonriente, confidencial. Quizá hasta nos den un premio, me susurró, ilusionado, Rafa.

Llegó la hora de hacer públicos los resultados. Como todos se arremolinaron alrededor del portavoz del jurado y los que estaban sentados en las pocas sillas que había por allí se levantaron, aproveché para sentarme en una de las sillas que quedaron libres y que nadie, por cierto, había tenido la deferencia de ofrecerme, a pesar de que, con toda evidencia, yo era bastante mayor que todos aquellos jóvenes.

Las primeras palabras no las escuché bien. Embarcaciones clásicas, oí luego. Primer puesto, *Malabar*. Permanecí un momento sentada, hasta que Rafa me cogió del codo y nos abrimos paso hasta el jurado. A Rafa le entregaron el trofeo –un pequeño casco de un barco que llevaba grabado el número 1, embutido en metacrilato– y a mí el diploma. Nos sacaron unas fotos y sonaron unos aplausos más bien débiles.

Regresamos a nuestro lugar, volví a sentarme en la silla, afortunadamente aún libre, y hablé un poco con la gente que tenía más cerca, una pandilla de jóvenes que quedaron los segundos en la categoría de embarcaciones de época. Eran unos regatistas muy buenos, me había fijado en ellos porque navegaban con el barco completamente escorado, casi sumergido en el mar. Con la excepción de estos jóvenes, con quienes trabé conversación y a quienes expliqué que era la primera vez que tomábamos parte en una regata y que mis hijos, mayores ya, los dos con novia –y a punto de casarse, hubiera podido añadir, de haberlo sabido–, no se iban a creer que nuestro barco –un barco que contaba por toda tripulación con su propia, e inútil en esos menesteres, madre– hubiera ganado, nadie nos felicitó. Cuando luego se lo comenté a Rafa, me dijo que él no se había dado cuenta de nada. A él le bastaba con haber participado en la regata. Haber logrado el primer puesto en nuestra categoría le desbordó de felicidad. Sonreía con expresión beatífica. Bien es verdad que también había bebido mucho y, cuando bebía y la cosa no pasaba a mayores, Rafa sonreía así.

Voy a llamar a tus hijos, dijo. Estuvo hablando con uno de ellos, el pequeño, durante un buen rato mientras yo seguía de charla con los jóvenes tripulantes.

Estábamos cansados, el hotel estaba lejos, no había taxis. Uno de los organizadores anduvo buscando por ahí a alguien que pudiera acercarnos al hotel. Al fin, unos jóvenes de pinta contestataria que pertenecían al Club Náutico se hicieron cargo de nosotros. Durante el trayecto hasta el hotel, no nos dirigieron la palabra. Hablaban entre ellos. Rafa y yo, con nuestros trofeos sobre el regazo, permanecimos callados.

¿Eran así todos los marinos o es que habíamos ido a caer en un grupo especial? Puede que no hubiesen aceptado que su barco favorito no resultara el ganador. Quizá pensaban que el *rating* era básicamente injusto. Pero Rafa se sentía tan orgulloso de la victoria que todo eso le daba igual. Hablaba del *Malabar* como si fuera una persona de verdad –y una mujer, por cierto– que le hubiera hecho un gran regalo. Qué bien se ha portado, decía, agradecido, admirado.

Faltaba la vuelta, el regreso a casa, pero eso ya no me producía ninguna tensión. Se preveía un tiempo muy tranquilo. Y así fue, sólo que al final se nubló y llovió.

Esto ha sido todo, nos dijimos, ya en casa. Habíamos vencido. La primera regata de nuestra vida y habíamos ganado. Localizamos al fin a mi otro hijo, el mayor. Así que ahora te vas a convertir en regatista. Lo dijo sin censura. Quizá le parecía una salida, una especie de solución a mi vida.

Por la mañana, di un largo paseo, sola, por la playa, mientras Rafa andaba trajinando en el puerto con el barco. Llegué muy lejos, hasta una piedra enorme que nunca desaparece del todo cuando sube la marea, un tótem. Me senté y contemplé la ría. Me bañé, me volví a sentar en la piedra.

Qué extraño poder se percibía allí, qué calma. Me tengo que acordar de esto, siempre me tengo que acordar de esto, me dije. Se estaba bien allí, tumbada en la piedra, recibiendo todo el calor que le daba el sol, todo su poder, toda su calma.

Por la tarde, salimos a navegar. Vi mi piedra a lo lejos y se la señalé a Rafa –la piedra de mi bienestar, casi de mi éxtasis–, que la miró un segundo. Sonreía al infinito, incapaz de fijar la mirada en nada. Quizá fuese el efecto del dry martini de fórmula secreta que hacía un rato yo había puesto en sus manos. Era su sonrisa cósmica, beatífica, la misma con que había recibido el premio que, inesperadamente, había obtenido el *Malabar*, su orgullo, en las regatas. Puede que no se le hubiera borrado desde entonces.

ROPA USADA

Mis verdaderos amigos estaban en París. Habían pasado la frontera de forma clandestina, burlando el cerco policial que los acosaba. No sé cómo lo hicieron, pero llegaron allí y encontraron refugio y hasta la forma de ganarse la vida. No de forma espectacular, pero sobrevivían.

Les echaba de menos. Me parecía injusto que hubieran tenido que salir de España deprisa y corriendo, prácticamente con lo puesto, y que hubieran tenido que pedir socorro a personas que no conocían, que eran amigos o conocidos de alguien, gente de buena voluntad, dispuesta a ayudar a estudiantes rebeldes. Franceses antifranquistas, familiares de españoles exiliados, simpatizantes de cualquier forma de lucha, viejos comunistas y ácratas de todas clases. Gente rara, en suma. Algunos de ellos, medio locos. No habían conseguido salir del pasado, vivían aferrados a sus recuerdos, que ya no importaban a nadie, ni a sus propios hijos.

Tuve oportunidad de conocer a algunos de estos personajes precisamente cuando fui a París a visitar a mis amigos, y me dejaron la incómoda sensación de que su mundo había desaparecido para siempre, por penoso que eso fuera.

Lo que vivía dentro de sus cabezas no parecía corresponderse con la realidad.

Me llegaron noticias de que un amigo de un amigo se proponía pasar unos días en París. Era coleccionista de grabados medievales, no recuerdo con exactitud sobre qué asuntos, quizá ilustraciones de libros, de códigos, algo relativo, me parece, a las estaciones del año. Yo sólo le conocía de vista, pero en asuntos de esa clase –ayudar a estudiantes damnificados– todos nos comportábamos como si mediara entre nosotros una gran confianza. Abordé a José Juan sin más ni más y le pregunté si tenía sitio en el coche para mí, porque quería ir a París a visitar a unos amigos. Me dijo que no era la única persona que se lo había preguntado. Una chica que iba a un curso superior, muy guapa, por cierto –yo la conocía de vista–, que, además, se sabía, cantaba muy bien y había actuado alguna vez en el teatro, también quería ir a París. Pero sí, cabíamos las dos, a no ser que Laura fuera con acompañante, eso José Juan no lo sabía fijo. En el coche, que era de cuatro plazas, sólo podían viajar tres personas, porque iba muy cargado, como el coche de un chamarilero. Llevaba lámparas y paragüeros que le habían encargado. Lámparas y paragüeros, eso dijo. ¿Los cambiaría por grabados medievales? José Juan se despidió diciéndome que, en cuanto confirmara si Laura iba sola o acompañada, me llamaría.

Me llamó pasados unos días. Buenas noticias. Laura iba sola. Así que empecé a preparar el viaje. No es que tuviera que preparar nada, cosas que llevarles a mis amigos –ya me había advertido José Juan: de equipaje, lo mínimo, una bolsa de mano–, pero tenía que volver a pensar en ellos, en mis amigos. Poco a poco, les había ido olvidando.

Uno de ellos, Óscar, era –había sido, hasta que salió del país– mi amigo de clase, el amigo con quien se queda para estudiar. Íbamos a la biblioteca juntos, nos sentábamos uno al lado del otro siempre que podíamos, cuando no había dos sitios vacíos juntos, lo más cerca posible y nos hacíamos señas para salir al pasillo y estirar las piernas o ir a tomar un café. Nos dábamos fuerzas el uno al otro. No era lo mismo estudiar a solas que estudiar en compañía de un amigo. Era como tener un plan, daba la sensación de que la vida estaba muy organizada. Óscar y yo, juntos, nos transformábamos en estudiantes aplicados, en personas que se tomaban los estudios con seriedad y disciplina. Por separado, no quedábamos tan bien. No quedábamos como queríamos quedar. Óscar no quería que le tomaran como a un mero activista, un rebelde inconsciente de sus responsabilidades para consigo mismo y para con sus padres, que pagaban sus estudios y le mantenían –vivía en un colegio mayor que regentaban unos curas de la misma orden que los de la escuela donde había cursado sus primeros estudios–. Yo huía del prototipo de chica pizpireta fundamentalmente interesada en pasárselo bien y acumular ligues. Eso nos unía, queríamos ser los primeros de la clase, los más listos, los más cumplidores. Tanto Óscar como yo habíamos salido de colegios religiosos. Nos habían inculcado los mismos valores.

El caso de Javi, el otro amigo, era muy distinto. Javi había sido mi primer ligue en la facultad. Así como Óscar se había ido comprometiendo con la lucha estudiantil poco a poco, y yo había sido testigo de su evolución, porque habíamos sido amigos casi desde el primer día de clase, Javi, que estaba en tercero de carrera, era ya, cuando nosotros iniciamos la vida universitaria, un estudiante comprometido, puede decirse que famoso. Le conocí en uno de los bares de la zona, me lo presentaron como si me hicieran un gran honor e, inmediatamente, me propuse conquistarle, no tanto porque me hubiera gustado sino para demostrar a los demás mi poder, mi valía. Quién sabe por qué, pero en aquel momento ésa era mi gran necesidad, que los demás me reconocieran. Me quería distinguir, ser distinta a todas las otras chicas que pululaban por ahí. Vestía de forma diferente –me adelantaba a la moda– y me comportaba de forma diferente. Mis mejores amigos eran los estudiantes rebeldes, aunque yo mantuviera, respecto a las algaradas, una actitud de reserva. No iba a las manifestaciones callejeras, pero asistía a las asambleas, que se celebraban dentro de la facultad. La verdad es que las manifestaciones me daban mucho miedo. Y me guardaba un poco de los estudiantes más vociferantes. Aunque me infundían respeto –sabían cosas que yo ignoraba–, tenía la impresión de que no estaban bien de la cabeza. Sus ojos brillaban de una forma extraña.

Javi no era así. No era un estudiante vociferante, aunque asistiera a todas las manifestaciones, como supe enseguida. Pero nunca me pidió que lo acompañara. Le hacía gracia que yo fuera como era. Miedosa y un poco señoritinga. Una chica burguesa educada en un colegio de monjas. Él, en cambio, había ido siempre a colegios e institutos públicos. Era lo desconocido lo que fundamentalmente le atraía de mí. Incluso le gustaba pensar que mi familia era más burguesa y más rica de lo que era. Nunca en mi vida me había sucedido que alguien me admirara por ser rica. Era una sensación muy curiosa, que me recordó el orgullo que caracterizaba a las compañeras dc colegio que, ellas sí, pertenecían a familias ricas. No había más que ver, por fuera, las casas donde vivían, la ropa que vestían, sus uniformes y zapatos siempre nuevos –renovados cada año–, los coches, muchas veces con chófer, que las traían y llevaban de sus casas al colegio y del colegio a sus casas. A los ojos de

Javi, yo era como ellas y, curiosamente, hasta yo me daba cuenta de que, cuando estaba con él, me comportaba un poco como ellas. Me sentía asombrosamente segura de mí misma, incluso perdía la mirada en el infinito cuando él me hablaba, en un gesto inconsciente, tal como hacían siempre aquellas compañeras, lo que me había producido una gran irritación, ¿es que no me escuchaban?, su cabeza estaba llena de asuntos mucho más interesantes. Me prestaban un momento de atención y enseguida se distraían. Ahora era yo quien se distraía cuando Javi empezaba con sus discursos. Aunque yo le gustaba como era, no podía renunciar a adoctrinarme. A Javi le gustaba hablar, escucharse a sí mismo. No buscaba convencerme de forma inmediata, sino explicarme pormenorizadamente las bondades de su visión del mundo.

El nuestro fue, sobre todo, un ligue de salas de cine. La oscuridad del gran espacio débilmente iluminado por la luz cambiante que se proyectaba en la pantalla propiciaba el acercamiento mutuo y la desinhibición. No éramos la única pareja que buscaba refugio en las últimas filas de las salas de cine. Yo impuse los límites. Nada de desabrochar botones ni bajar cremalleras. Cierto desorden en la ropa, nada más. La sola idea de imaginar la potente linterna del acomodador enfocada sobre nosotros en una situación embarazosa me estremecía. Esas cosas pasaban. Algunas parejas habían sido expulsadas de los cines y de los rincones de los parques. Eso me parecía aún peor que el ser detenida en una manifestación.

No me tengo por una persona valiente. Dormir sola en casa aún me produce miedo, tengo frecuentes pesadillas pobladas de sombras amenazantes y los gritos de terror se me ahogan en la garganta muchas veces durante la noche. Era para mí un verdadero acto de valor ir a aquellos cines tan oscuros, se lo decía a Javi, que se reía de mí porque en el fondo eso le gustaba, que yo sintiera miedo, que no quisiera desafiar de golpe todas las normas, que avanzásemos lentamente, paso a paso.

Llegamos todo lo lejos que se puede llegar en un lugar público, algo menos. Cuando Javi me dijo que le había pedido la llave del piso a un amigo que vivía solo y que pasaba mucho tiempo fuera, se me planteó un verdadero dilema. Me había hecho a los escarceos de las salas de cine, a esas oscuras emociones y temblorosos deseos, con el miedo siempre tendido en el aire. No quería nada más. Ni siquiera eso lo quería del todo. Pero cuando empiezas algo, quieres saber cómo es el final, qué hay allí, qué se siente cuando se alcanza el objetivo. ¿Sentí decepción en el piso del amigo de Javi, en aquella cama estrecha y quejumbrosa donde contemplé mi desnudez y la desnudez de Javi extrañamente juntas, conviviendo, como si eso fuese lo más normal del mundo? No es el momento de entrar en detalles, pero lo que no conocía de su cuerpo me dejó sin habla. No quise ni mirarlo. Bastante tenía con el tacto rugoso de su piel, ¡cuánto pelo, Dios mío!, ¿me acostumbraría a eso alguna vez?

Corté con Javi. Hubo un par de tardes más en aquel piso, en aquella cama lastimera, y luego le dije, algo bruscamente, que no me quería comprometer tan pronto, que me sentía demasiado ligada a él, que necesitaba respirar con más libertad. Eran frases de sus discursos. Me escuchó, pensativo. Yo estaba equivocada, dijo, el camino de la libertad estaba allí, frente a nosotros, ¡había tantas cosas que podíamos descubrir juntos! –la sola idea me estremeció, ¿qué cosas?–, pero lo entendía, yo era aún una chica burguesa, necesitaba tiempo para digerir todo lo que me estaba pasando, demasiados cambios para una chica educada en un colegio de monjas. Sonrió levemente.

Me daba igual lo que pensara. Me quería ir. No discutí con él.

Le veía a lo lejos, por los pasillos de la facultad, en las asambleas, en las pocas manifestaciones a las que acudí. Y un día, quién sabe por qué, lo añoré. Hay momentos de debilidad, momentos en los que de pronto necesitamos rescatar algo de lo que hemos dejado atrás. Me quedé con esa añoranza dentro de mí. Sabía que era sólo eso para mí, añoranza. Pero me gustó, me reconocí allí mucho más de lo que me había reconocido en el camastro donde dormía el desconocido amigo de Javi.

Entonces se esfumaron. Los dos, Óscar y Javi. Dos historias muy distintas. Los dos eran perseguidos por la policía. Estaban en París. Óscar me escribió. De Javi no tuve noticias directas. Sabía dónde vivía, en una residencia universitaria. Sería fácil dar con él. Aún no estaba segura del todo de querer volverle a ver. Sería algo que decidiría allí mismo, en París.

José Juan y Laura, al principio, congeniaron. Habíamos quedado citados al mediodía en un lateral de la Castellana, junto a la plaza de Colón. Hice el trayecto en metro y fui la primera en llegar. Laura apareció enseguida, también había tomado el metro, me dijo. Ninguna de las dos tenía dinero para viajar por su cuenta a París. Tampoco para taxis.

Hace ya tanto tiempo de aquel viaje que no me acuerdo de si era otoño o primavera. Creo que se trataba de una estación intermedia. Ni mucho frío ni mucho calor. En Madrid, sol. En París, lluvia. José Juan llegó a la cita con algo de retraso, pero no se disculpó. A mí me asignó, de buenas a primeras, el asiento de atrás. Me acomodé como pude, entre lámparas y paragüeros. Yo veía cómo se inclinaba hacia Laura, sentada a su lado, cuando hacía algún comentario. ¿Se había hecho el propósito –o sólo se trataba de esperanza– de ligar con ella?

Durante el primer tramo del viaje, Laura parecía abierta a todo, incluso predispuesta a una aventura con José Juan. Pero el viaje era muy largo y, pasada la mitad, Laura cambió. Se puso seria. Se había hecho de noche –lo que me lleva a pensar que estábamos en otoño– y, después de parar en una gasolinera a repostar, José Juan cometió un error: en lugar de seguir hacia París, retrocedió. Nos encontrábamos en plenas Landas, extensiones y extensiones de pinos a ambos lados de la carretera, ¿cómo saber si íbamos en la dirección correcta? Laura lo dijo: Te has equivocado, has dado la vuelta y vamos hacia España. José Juan lo negó. Inmediatamente, también él cambió de actitud. No paraba de decir impertinencias. Al cabo de cien kilómetros, se le reveló la verdad. Efectivamente, habíamos pasado por allí. Se detuvo en otra gasolinera, se cercioró, y dio la vuelta. Laura quiso pasarse a la parte de atrás y yo me senté delante. Silencio absoluto.

Llegamos a París de madrugada. Llovía. Laura se alojaba en el piso de un amigo, en el barrio que rodea Notre Dame, un laberinto de calles intrincadas. Fue difícil dar con la dirección. José Juan quería dejarnos en cualquier esquina y que nos las arreglásemos como pudiéramos, pero Laura se puso firme. Al fin, dimos con la calle y el número de la casa. Sólo cuando la llave encajó en el ojo de la cerradura y la puerta se abrió, Laura dejó que José Juan se marchara. Le dio las gracias muy deprisa, sin apenas mirarle.

Óscar me había buscado alojamiento, pero era demasiado tarde para ponerme en contacto con él. Acepté la hospitalidad de Laura. Donde cabe una caben dos, dijo. Enseguida se comprobó que eso no siempre es verdad. El apartamento del amigo de Laura era minúsculo y sólo tenía una cama, alta y estrecha. Nos tendimos en ella, Laura en un sentido y yo en otro. De otro modo, habría sido imposible que cupiéramos las dos. En el cuarto había muy poca luz y estábamos tan cansadas que todo nos dio un poco igual. Yo no recordaba a qué se dedicaba el amigo de Laura, ¿era fotógrafo?, algo así, algo relacionado con las artes y con una vida medio bohemia.

Por la mañana lo recordé. Era caricaturista. Laura me lo había comentado. El diminuto cuarto en el que, mal que bien, habíamos dormido, era también su estudio. Había una mesa de dibujo, cantidad de lápices y bocetos y retratos por todas partes, el suelo incluido. El caricaturista no era precisamente ordenado. Tampoco era una de esas personas que están obsesionadas por la limpieza. En el cuarto había un lavabo, pero para cualquier otra cosa relacionada con la higiene había que ir al baño comunal, al final de un estrecho pasillo. Cogí mi bolsa y me despedí de Laura, que no parecía impresionada, ni a favor ni en contra, por tener que pasar unos días en aquel cuchitril. Tenía una nutrida lista de personas a quienes llamar, así que probablemente pararía poco allí. Sólo era un lugar donde dormir, una cama.

De pronto, yo me sentía algo inquieta respecto a mi propio alojamiento. Óscar vivía en la periferia y ahora que ya me encontraba en París empezaba a comprender lo que verdaderamente significaba eso. Bloques de edificios grises, lejanía, largos trayectos. Pero yo era muy joven y estaba en París por primera vez. Todo me parecía una aventura, incluso los inconvenientes.

Quedé citada con Óscar en ese punto del bulevar Saint-Michel donde queda citado todo el mundo. Me senté en el mármol frío de la fuente, con el arcángel de hierro a mis espaldas. Óscar trabajaba de portero de noche en un hotel y luego hacía no sé qué recados, pero tenía el resto el día para mí. Nos dimos un gran abrazo, aunque luego nos invadió la timidez. ¿Qué hacíamos los dos solos en París, como si fuésemos novios o amantes?

El día fue agotador. Óscar estaba empeñado en enseñarme todo París, todo lo que no costara dinero. Ni se nos ocurría la posibilidad de comer en un restaurante, sólo bocadillos en los puestos callejeros. Los bocadillos se me fueron atravesando poco a poco, porque siempre he tenido ese punto débil, las comidas. Los nervios se me agarran ahí. A última hora de la tarde, me sentí fatal, de manera que dejamos de recorrer París y nos metimos en el metro, lleno de gente que volvía, como nosotros, a sus lejanas viviendas en la periferia. Entre todos aquellos rostros tan cansados, el mío no debía de desentonar. Óscar me preguntaba por qué no le había dicho antes que me encontraba mal. ¿Qué contestarle?, había sido mi mejor amigo y no me conocía. Los nervios, además, son imprevisibles. De pronto, irrumpe el dolor y sólo quiero tumbarme. Me estaba poniendo cada vez más nerviosa sólo de pensar en que tenía que dormir en el piso, sin duda pequeño, de Óscar.

Entonces vino la sorpresa, que me fue comunicada cuando nos dirigíamos, después de salir del metro, hacia el piso. Ya era completamente de noche, de forma que no vi la expresión de la cara de Óscar cuando me lo dijo: Vivía con una chica. No es que hubiera nada entre ellos, pero, en fin, se llevaban bien, se ayudaban mutuamente. Era francesa, se llamaba Brigitte, y trabajaba en la Estación del Norte, de taquillera. En realidad, acababa de conseguir ese trabajo y estaba encantada porque había dejado los estudios con el exclusivo fin de conocer de cerca las condiciones de vida de la clase obrera. Ya lo vería enseguida, Brigitte era una chica muy interesante. Revolucionaria de verdad. ¿No había nada entre ellos?, el tono en que Óscar me habló de ella rezumaba admiración y, aún más sospechoso, ¿por qué había dejado esa noticia para el final?, ¿cómo le había costado tanto decírmelo? En aquel momento, fue para mí una buena noticia. Prefería que hubiera alguien más –Brigitte o quien fuera– en el piso hacia el que me encaminaba, tan dolorida, al lado de Óscar.

Brigitte era una fea guapa, una fea con estilo. Tenía el pelo largo y rizado, esa clase de pelo que yo he admirado siempre, brillante, denso. Y era muy delgada. Aunque yo también era delgada, la envidié, porque su delgadez me pareció mucho más elegante que la mía. Brigitte era toda armonía. Llevaba las piernas enfundadas en pantalones negros de pana y se movía con andares de modelo. Óscar se revalorizó ante mis ojos. Ante los ojos de Brigitte, era un refugiado político español, y físicamente no estaba nada mal, la verdad, era alto y fuerte y emanaba una sensación de solidez, de capacidad de protección. Me lo he perdido, pensé, se me ha pasado la oportunidad de tener una historia con él. La tarde había sido aburrida, yo me había cansado mucho y me había ido poniendo nerviosa precisamente porque me resistía a tener una historia con Óscar, pero, de pronto, me sentí desilusionada, como si me hubieran arrebatado el final con el que había soñado.

Me mostraron el cuarto donde podía dormir. Muy pequeño y lleno de trastos, bultos, cestos de ropa. En un rincón, la tabla de planchar, plegada, escobas, cubos de fregar. Entre todo aquello, un colchón cubierto de ropa, abrigos, me pareció. Brigitte lo despejó en un santiamén, echando el montón de los abrigos al suelo. Me dijo que era vieja ropa de invierno, suya y de otras amigas de quienes la había heredado, pero que ya no quería nada de eso y que pensaba tirarlo a un contenedor, quizá yo quería echarle un vistazo antes, bueno, allí estaba, señaló con indiferencia. Nunca me habían ofrecido ropa de aquella manera, pero todo sonaba muy normal. Ellas, Brigitte y sus amigas, tenían esas costumbres. Me parecía bien.

Óscar preparó espaguetis, su especialidad. Era el cocinero de la casa, declaró. Los domingos hacía paella y venían amigos, suyos y de Brigitte. Franceses. ¿Hasta cuándo me quedaba yo? Justo me iba el domingo. Una pena, dijo Brigitte. Las paellas de Óscar eran famosas.

La salsa de los espaguetis me pareció algo azucarada, pero tenía hambre y dejé limpio el plato. Como Brigitte y Óscar, por cierto. Parecíamos bastante hambrientos, alrededor de la mesa de la cocina, en la que apenas cabíamos. Era una cocina pequeña con una mesa estrecha pegada a la pared. Nos bebimos una botella de vino, Brigitte y yo. Óscar sólo bebía agua. Cuando terminó de cenar, se fue al hotel donde trabajaba.

A media noche me desperté. Aquel edificio era una caja de ruidos. El peor, un constante rumor como de gatos maullando. Gemidos humanos, lo hubiera jurado, hasta que comprendí que podía tratarse de gatos. Encendí la luz y me puse a indagar en el montón de ropa que Brigitte había arrojado al suelo. Me la probé. Era ropa de buena calidad. Me quedé con una chaqueta de lana algo apelmazada de color morado y una especie de jubón de terciopelo negro. Aunque no tenía un espejo donde mirarme, estaba convencida de que me daban un aspecto muy interesante, muy parisino. Me imaginé, así vestida, atravesando los pasillos de la facultad, de vuelta en Madrid, y me pareció una imagen muy alentadora. Eso me había traído de París. Me volví a dormir, repentinamente feliz.

Pasé un par de días en aquel piso. Brigitte se iba a trabajar muy temprano y Óscar no regresaba hasta después del mediodía. Una vez le fui a buscar a su hotel y volvimos a hacer un recorrido por París. Pero ya no teníamos mucho que decirnos. Era como si Brigitte aún se encontrara entre nosotros. Luego la fuimos a recoger a ella a la Estación del Norte y Óscar se relajó un poco.

Decidí emprender la búsqueda de Javi. Al tercer día de mi estancia en París, me planté en la residencia universitaria donde me habían dicho que vivía. Era cierto –y me asombré, porque por alguna razón creía que sería imposible dar con Javi–, aunque en ese momento no se encontraba allí. Le dejé un recado –una cita en el mismo lugar de Saint-Michel donde había quedado citada con Óscar– y deambulé sola por París. Llovía un poco, pero no hacía demasiado frío.

A ver si con Javi tengo mejor suerte, me decía. A ver si aquí, en París, solos, volvemos a sentir algo que justifique el viaje.

Protegida por la gabardina, sentada de nuevo sobre el mármol rosa de la fuente, con el arcángel de hierro a mis espaldas, empecé a imaginar lo que haría si Javi no aparecía. Pero Javi apareció, y con puntualidad. Me dio un abrazo más bien tímido y me dijo que esa noche le habían invitado a cenar en casa de unos amigos, pero que si quería lo podía acompañar. Hablaban un poco de español y eran gente simpática. Naturalmente, comunistas.

Acepté, desde luego. No me apetecía regresar al piso de Óscar y volver a cenar espaguetis en su cocina diminuta, no me apetecía volver a mi colchón y seguir especulando sobre la relación que mantenían Brigitte y Óscar, que, evidentemente, dormían juntos. En el mismo cuarto y en la misma cama.

Era de noche cuando salimos del metro para ir a cenar al piso de los amigos comunistas de Javi. Parecía un barrio antiguo, de casas viejas, como a punto de venirse abajo.

Como Javi me había anunciado, sus amigos eran muy simpáticos, muy hospitalarios. Les pareció un detalle estupendo, digno de resaltar, que yo hubiera ido a París a visitar a un viejo amigo. Se sobreentendía lo que había habido entre nosotros. Ése era el detalle: una historia pasada. Yo había hecho el viaje por simple amistad. Los amigos son lo primero, dijeron. Brindamos por la amistad una vez, mil veces. Bebimos mucho.

De repente, Javi se desplomó. Literalmente. Se cayó de la silla y casi no hubo forma de ponerle en pie. Tuvieron que llevarlo a una cama, a un cuarto al final del pasillo.

Puedes quedarte a dormir, dijo el dueño de la casa. En ese momento, supe que la mujer que yo había creído que vivía con él no vivía con él. E Intuí que el dueño me iba a ceder su propia cama.

Así acabó la noche. Dormí en la cama del dueño del piso y dormí con él, con el dueño. Dormimos poco, por no decir nada. Alain era un amante experto, de esos que se deleitan en demostrarte que conocen a las mujeres, que todo lo que desean es hacerlas felices.

–No te vayas –me dijo al amanecer.

Desayunamos con Javi, que se marchó enseguida, con una resaca monumental, y nosotros volvimos a la cama. Esta vez dormimos un poco. Alain era traductor del portugués, que hablaba mucho mejor que el castellano, y no tenía un horario fijo. Ésos fueron mis últimos días en París, en aquel piso cerca de Montmartre. Horas y horas en la cama. Hablando francés, portugués y español.

El regreso a Madrid fue muy silencioso. Íbamos solos, José Juan y yo. El coche, lleno de nuevos objetos, cajas y bultos de todos los tamaños. Laura se había quedado en París. Eso me dijo José Juan nada más verme, y me pareció que en tono de vago fastidio. Lo poco que hablamos fue acerca de comidas. Resultaba que él era muy aficionado a la cocina. Últimamente, se había especializado en comida china. En París, se había comprado muchos ingredientes que en España aún no se podían encontrar. Justo en el momento de la despedida, cuando yo aún le miraba desde la esquina de la calle en la que me había dejado y él aún no había cerrado la portezuela del coche, me dijo que le gustaría invitarme a comer a su casa, que me llamaría. Le dije que sí, que de acuerdo. Durante todas las paradas de los trayectos, tanto en el de ida como en el de vuelta, José Juan no me había invitado ni a un café. Ahora, en el momento de la despedida, me ofrecía comida china en su propia casa.

Ése fue el invierno de la chaqueta de lana morada algo apelmazada y del jubón negro de terciopelo. Yo andaba por los pasillos de la facultad con mucha seguridad, imaginando que todos me miraban. Alguna vez vi de lejos a José Juan, que nunca llegó a invitarme a comer a su casa, y a Laura, que me sonrió con un gesto de cierta complicidad. En otra ocasión, nos cruzamos por un pasillo, y Laura y yo hablamos un momento, muy poco, muy deprisa.

JOE CAMINO

Durante el tiempo en que anduvimos lejos la una de la otra, nuestras vidas habían experimentado muchos cambios. Nos dejamos de ver cuando terminamos la universidad, yo me fui al extranjero –qué magnífica palabra– y Soraya, que también deambuló mucho, se circunscribió, porque así lo quiso el destino, al territorio nacional, islas incluidas, naturalmente.

Entre las muchas cosas que Soraya me contó cuando volvimos a vernos, en una sucesión de encuentros muy felices que nos remitieron a los días universitarios y que nos hicieron olvidar momentáneamente que estábamos casadas y teníamos hijos –para mucha gente, ya teníamos la vida prácticamente hecha–, se destaca a veces en mi memoria la aventura que tuvo con Joe Camino, y me digo que quizá tenga que pasar algún tiempo antes de darla por cerrada. Imagino un encuentro con Soraya en el futuro, dentro de tres, cuatro años, en el que ella me revele el verdadero final.

Ya saben quién es Joe Camino. Habrá a quien le gusten sus canciones y a quien no, pero todos le conocen. Un hombre muy guapo, ya con cierto atisbo de madurez, ¡y qué madurez! A mí ahora me gusta mucho más que cuando era joven, porque tenía demasiada cara de niño. Ahora, con canas en las sienes y algunas arrugas, ha adquirido cierto aire de desgana, de despreocupación, que le sienta muy bien. Era demasiado serio.

Uno de los primeros trabajos que tuvo Soraya cuando terminó la carrera fue en un hotel. El trabajo, por descontado, no tenía nada que ver con lo que Soraya había estudiado en la universidad, pero quería ganar dinero, necesitaba emanciparse de la casa familiar. Soraya, no lo he dicho aún, es una mujer muy guapa y en aquel momento, en plena juventud, ya se lo pueden imaginar, llamaba la atención. Si le dieron ese empleo, que, entre otras cosas, consistía en ofrecer a los huéspedes una copa de bienvenida, no fue por nada. La belleza de Soraya alcanza su plenitud cuando sonríe. Es como si una luz sobrenatural la iluminara por dentro. La copa de bienvenida es la primera imagen que el huésped tiene del hotel, es la llave para conseguir su inmediata aprobación y contento. Si había una clase de trabajo que nunca le faltaría a Soraya sería aquel en el que hubiera que sonreír, donde la sonrisa fuera un elemento esencial.

Las encargadas de ofrecer la copa de bienvenida iban vestidas con un traje de chaqueta rojo de tela ligera y manga corta. Un traje de chaqueta –la falda era estrecha, apretada– da calor. El rojo da calor. Con todo ese calor encima, la copa de bienvenida era algo que apetecía ofrecer y que casi todos los huéspedes aceptaban. Algunos de ellos sonreían. La mayoría no. Simplemente, tomaban la copa un poco sin pensarlo –a nadie se le ocurría rechazar una bebida fresca, una copa color ámbar con una rodaja de limón– y se dirigían, nerviosos, al mostrador de recepción, echando fugaces miradas al equipaje. Pero algunos sí, algunos sonreían.

Joe Camino, el famoso cantante, le devolvió la sonrisa a Soraya. Y a Soraya le pareció que aquello había sido algo más que una mera correspondencia. Como Soraya, Joe Camino, que era por entonces un joven sumamente serio, casi grave, poseía una hermosa sonrisa. No tan hermosa como la de Soraya, de eso estoy segura. En el fondo de la sonrisa de Joe Camino había un matiz de impostura. En la de Soraya todo era limpio, incuestionable. ¿Se fijó Joe Camino en Soraya cuando le sonrió o su sonrisa sólo fue una respuesta casi involuntaria a la suya? Más tarde, le dijo que no, que no se había fijado en ella. Soraya sí se había fijado en Joe Camino, ¿cómo no iba a fijarse en él? Aunque no hubiera sido famoso, se habría fijado en él. Joe Camino es, eso está claro, uno de esos hombres que tienen algo especial, algo que te dice que quizá están destinados a rescatarte de la normalidad, a llevarte a otra parte del mundo, un lugar recóndito, que nadie más conoce. Inasequible para el resto de la humanidad.

El caso es que Soraya se enamoró de la sonrisa de Joe Camino. Pensó que él se la había dirigido a ella, sólo a ella. Que la había escogido entre todas las chicas vestidas de rojo que revoloteaban entre los clientes. Pensó que ese momento –la copa de bienvenida en el aire, sostenida una décima de segundo entre los dos, la mano de ella y la mano de él– era único, el principio de algo.

Durante todo el día, Soraya guardó en su interior la sonrisa de Joe Camino. Se recreó en ella. Estaba como poseída, traspuesta. ¿Puede alguien enamorarse así, de golpe, en un instante? Quizá no fuera amor. Era como estar dentro de un sueño.

Por la noche, Joe Camino actuó en la sala de fiestas del hotel. Instalaron altavoces en el patio y todos los clientes disfrutaron de la música. Soraya se sabía de memoria la letra de todas sus canciones. Cuando cumplió su horario, volvió al patio. Se había cambiado el traje de chaqueta rojo por un vestido ligero. Los zapatos de tacón por unas sandalias bajas. Su cuerpo se sentía liberado. Los pies, doloridos, respiraban el aire de la noche. Se había soltado el pelo, que había llevado recogido durante todo el día. Toda ella se había ensanchado, ampliado. Había una agradable imprecisión en sus límites.

–Vamos a tomar algo al bar –le dijo Berta, una de las chicas de recepción, que también había terminado de trabajar–. A lo mejor, después del concierto, se pasa por allí Joe Camino.

No era algo que hicieran habitualmente. Los trabajadores del hotel no se mezclaban con los clientes, pero había días especiales, días en los que todas las normas se infringían. Las chicas de la copa de bienvenida y las recepcionistas lo hacían de vez en cuando. Nadie les había dicho nunca nada. Vestidas de otra manera, estaban casi irreconocibles.

Se situaron en el extremo de la barra. Nunca habían llegado a sentarse en las butacas. Ése era su lugar, el extremo de la barra, como si estuvieran de paso. El camarero les servía enseguida, con prisa, poniendo todo de su parte. Les servía lo que le habían pedido e inmediatamente se retiraba a hacer algo dentro de sus dominios.

En el bar, sonaba otra música. No las canciones de Joe Camino. Música extranjera. Grupos de moda. El bar del hotel podía pertenecer a cualquier parte del mundo, aunque había algo que hablaba del sur, del calor constante en el exterior. Los muebles tenían un toque oriental, indio, puede que filipino. Unos enormes ventiladores de aspas colgaban del techo. Era un lugar donde pasar las horas, donde no es peligroso emborracharse. La habitación está cerca, sólo hay que subir unas escaleras, dar unos pasos.

Entró Joe Camino. Parecía un actor del cine clásico. Marlon Brando en *La ley del silencio*. Esa mirada de seguridad, envuelta en dudas. La orquídea en el estercolero. Algo fuera de lugar, desmesurado, triste, orgulloso.

Venía envuelto en una nube de amigos. Hombres que le allanaban el camino, mujeres que le admiraban. Aduladores. Soraya midió sus fuerzas. No podía competir con ellos. No le dejarían solo. Habían pagado por verle. Alguno, quizá, estaba a su servicio. Un mánager, un secretario. Hombres de pelo canoso, trajes de lino, camisas claras, corbatas chillonas. Las mujeres llevaban vestidos escotados, altas sandalias atadas al tobillo. Pulseras, pendientes largos.

–¿Qué te pasa? –le preguntó Berta–. Parece que te ha dado un aire.

–Sólo es cansancio.

–Tómate otra copa –dijo, apoyando la espalda contra la barra. Echó una ojeada a Joe Camino–. ¿Es él quien te ha dejado sin habla? Está como un pan –medio silbó.

Joe Camino dirigió su mirada hacia ellas. Una rápida mirada de inspección, de ojeo.

–Nos ha dado su aprobación –rió Berta–. Espérate un poco, ya verás como nos invitan a ir a su mesa. Es cuestión de tiempo.

–¿Cuánto tiempo?

–Nada, ni media hora –dijo con seguridad.

Así era Berta. En relación con los hombres, no dudaba. Estaba familiarizada con ellos desde pequeña. Tenía hermanos, primos, tíos. Los hombres llenaban su casa con sus andares torpes y sus manos maliciosas. Los catalogaba enseguida. Escogía sus palabras, sus gestos. Sabía dominarlos.

–Te dejo el campo libre –dijo, señalando hacia la mesa de Joe Camino con la barbilla–. No es mi tipo.

–¿Crees que se me pasa por la cabeza ligar con él? –dijo Soraya–. Joe Camino nunca se fijaría en mí.

No había olvidado el momento de la copa de bienvenida, pero ya no creía que hubiera tenido un significado especial. Todo habían sido figuraciones suyas. Le gustaba demasiado soñar.

Pero las predicciones de Berta se cumplieron. De pronto, las chicas de los vestidos escotados y las sandalias de tacón se esfumaron. Salieron del bar juntas, riéndose. Habían conseguido un autógrafo de Joe Camino. Tenían lo que querían. Ya podían volver con los suyos. Les enseñarían el autógrafo.

Uno de los hombres de traje de lino se acercó a la barra a encargar más bebidas. Estaba al lado de Berta. Se miraron.

–¿Estáis solas? –preguntó.

–Estábamos pensando en ir a otro sitio –dijo Berta.

–Dejad que os invite a una ronda.

–Tomad vuestras copas con calma –dijo Berta–. Os esperamos un rato.

–¿No queréis venir a la mesa?

Berta negó con la cabeza.

–Os esperamos aquí.

Ése era el estilo de Berta, la forma que tenía de manejar las cosas. Hay que reconocer que era eficaz. Los hombres las miraban desde la mesa. Joe Camino también miraba, intrigado. Acabaron sus copas rápidamente. Se acercaron a la barra. Joe Camino no. Él esperó en la puerta, de espaldas. Se volvió.

–Me suenas de algo –le dijo a Soraya.

–Te ofrecí una copa de bienvenida cuando llegaste al hotel –dijo Soraya–. Este mediodía.

–No es de eso, me suenas de otra cosa –siguió él.

–Tú sabrás.

En el Luna Llena bailaron. Todos les miraban. El famoso cantante estaba en la pista. No querían molestarle. No le pidieron autógrafos. Era ya de madrugada. Que se divirtiera. ¿Quién sería ella?, ésa era la pregunta que Soraya sentía como clavada en su cuerpo.

Detrás de una columna, Joe Camino besó a Soraya.

Reproduzco ese momento, me dijo Soraya, y no sé, no acabo de entenderlo. Estábamos detrás de una columna, medio escondidos de todos y, sin embargo, el beso no era para mí. No sé de quién fue el fallo. El caso es que no entré en el juego. Fue un beso, no sé, de profesional, sin pasión. No me sentí tocada por dentro.

Más tarde, salieron a la calle solos, Soraya y Joe, separados del grupo, y mientras esperaban la llegada de un taxi Joe le pidió a Soraya que fuera con él a su habitación. Soraya se sentía como quien está a punto de caer en una trampa, como quien va a ser traicionado. Cuando subieron al taxi, le dio su dirección al conductor. Joe insistió, casi gimió. Soraya se bajó del taxi a la puerta de su casa y le dijo adiós con la mano, aunque Joe no la miró.

Me alegré de dejarle allí, dijo Soraya, aunque no me mirara. Fue como escapar de una fiesta donde todo el mundo te dice que eres la más guapa y tú tienes la sospecha de que te están engañando, hay chicas mucho más guapas que tú. Y, claro, lo que te inquieta es que no puedes comprender por qué razón te engañan.

Las cosas hubieran podido terminar allí, pero sucedió que, al día siguiente, Soraya vio a Joe de lejos y sintió una punzada de nostalgia, un extraño dolor por no estar cerca de él.

Le veía todos los días, mientras se paseaba por el patio, mientras se adentraba en el vestíbulo con la bandeja de copas de bienvenida. Joe actuaba por las noches. Durante el día, bajaba un rato a la piscina, tomaba algo en el patio o en el bar. Cuando sus miradas se cruzaban, Joe apartaba la suya inmediatamente, como si no conociera a Soraya, ¡qué cosa más rara!

Soraya empezó a sufrir. Eso era lo que estaba sucediendo: Soraya había empezado a amar a Joe Camino. A añorar la noche de las copas, del baile, del beso. Hubiera dado el mundo por retroceder a ese momento en que él insistía, se ponía a sus pies. Susurraba: Ven conmigo, sólo un rato, ven. Ya no podía recordar por qué se había negado, qué le había hecho resistirse, renunciar.

Una vez, Soraya sorprendió a Joe Camino mirándola de lejos. Una mirada dulce, envolvente. Se la devolvió. Se quedaron un momento así, unidos como a través de un túnel, separados de los demás, de los ruidos, de las voces.

Llegó la noche de la última actuación de Joe Camino. Joe se iría y Soraya ya no tendría otra oportunidad. Puede que Joe volviera por allí, pero, probablemente, ella no estaría ya en el hotel ofreciendo copas de bienvenida a los huéspedes. Hay caminos que sólo se cruzan una vez.

Justo antes de la actuación, Joe se acercó a Soraya.

—¿Me das una copa?, es mi último día —susurró, y se inclinó hacia ella, como si fuera a besarla.

Las piernas de Soraya se debilitaron. Apoyó un instante la cabeza en el pecho de Joe, cerró los ojos.

—No puedo verte esta noche —dijo Joe en voz muy baja, muy dulce—. Me gustaría hablar contigo antes de marcharme.

—¿Cuándo te vas?

–Mañana al mediodía.
–Mañana tengo el día libre.
–Te invito a desayunar. A las nueve. Dime dónde.
–Hay una cafetería al otro lado de la plaza, La Muralla.
–Allí estaré.
Fue un diálogo rápido, clandestino.

Soraya aún se quedó un rato en el patio, junto a la mesa de las copas de bienvenida. Tenía una cita con Joe Camino, una cita secreta a las nueve de la mañana, a unos pasos del hotel, cuando muchos de los huéspedes aún están dormidos. Los más madrugadores, desayunando. Una cita en su día libre. Eso también era extraordinario, la coincidencia. Mañana podía estar con Joe Camino todo el tiempo que él quisiera. Quién sabe, hasta podía suceder que él perdiese el avión, que dejara pasar el tiempo, que se quedara todo el día con ella. Podían ir a la playa, bañarse, comer en un chiringuito. Pescado asado y vino blanco. Ya se estaba emborrachando, tendiéndose en la arena caliente, abriendo sus brazos para estrechar contra el suyo el cuerpo de Joe. No quería seguir con estas fantasías. Se contentaba con el fugaz diálogo, con la cita.

La noche transcurrió despacio. Soraya dejó el hotel cuando la voz de Joe Camino aún se escuchaba por los altavoces. Prefirió dejarla ahí, mientras se dirigía hacia su casa a iniciar el tiempo de la espera. Lejos de Joe Camino, como si no tuviera prisa ni impaciencia. Si las cosas acababan así, era un buen final. Si Joe Camino no acudía a la cita, ella se quedaría un rato en La Muralla, rememorando todo lo que había sucedido, preguntándose si había sido verdad. Puede que fuera al revés, que, por alguna razón, fuese ella quien no pudiera acudir a la cita, entonces sería Joe Camino quien se tomaría despacio el café, mirando el reloj, extrañado, inquieto. También era un buen final.

Hacía tiempo que no sentía nada parecido, se dijo, al amanecer. Como si ese día fuera a ser uno de los más importantes de su vida. Todas las emociones sentidas durante aquellos lentos días iban a conocer una conclusión, una verdad, fuera la que fuera. Una cita misteriosa al punto de la mañana. Como si se tratara de una película o una novela policíaca. Una cita clandestina. Su vida podría cambiar a partir de ese momento. Estaba dispuesta, le dedicaría la vida a Joe Camino, no dudaría ahora, hay que saber reconocer la pasión, no podemos negarnos a cruzar ese umbral cuando lo atisbamos, eso es la vida, lo que da fuerza y sentido a todo lo demás, las horas monótonas, sin brillo, sin emociones, alegrías o penalidades. Vivir, vivir y amar. Vivir y sufrir, si es preciso.

Soraya fue la primera en llegar. Se sentó a una mesa, en la terraza, a la sombra. A las nueve de la mañana corría un aire fresco. Vio venir a Joe Camino desde el fondo de la plaza. Reconoció sus pasos, balanceantes, su estatura, su ropa. Unos instantes, y ya estaba allí, irradiando olor a colonia. Sonreía, pero con timidez. Era una hora temprana, había trasnochado, tenía sombras oscuras bajo los ojos. Pero estaba allí, él tampoco había olvidado la cita, también él debía de haber pensado en ella durante la noche. Soraya lo miraba, callada, sin atreverse a romper aquel silencio, sin atreverse a saber lo que iba a suceder después.

Había algo en la cara de Joe Camino que le decía que aquello era un adiós, que todo, lo que fuese, se acababa allí. Soraya sintió un súbito dolor en el pecho, notó, de una forma completamente real, física, cómo se le encogía el corazón. Se redujo a un punto, una punzada de temor.

–Déjame que te explique –dijo Joe Camino sin alzar mucho los ojos–. Mi mánager se puso furioso la noche en que salimos. Le prometí que no te volvería a ver. Me tiene en sus manos. No le gusta que me descontrole en plena gira. Dijo que las cosas se habían puesto muy serias entre tú y yo. Cuando hay frivolidad, estupendo, pero no había sido así. Tuve que darle la razón. Si no fuera por él, no sé dónde estaría yo. Estoy obligado a hacerle caso, a acatar sus normas. Al menos, por un tiempo. Aún no me siento seguro. Si no tuviera a mi lado a una persona como él, no haría nada, me dejaría llevar, me destruiría.

Los ojos de Joe se empañaron. Soraya extendió la mano. Acarició la cara de Joe, se posó sobre la mano de Joe. Más que amor, sentía pena. La debilidad de él llenó su corazón, ese pequeño punto que se había estremecido de dolor. Ahora volvía a respirar, pero con inmensa tristeza. Joe seguía hablando, contaba episodios oscuros de su vida y del mundo de la música, los conciertos, los tratos con unos y con otros, promesas, revanchas, traiciones, muertes.

También había muertes, sí. Era un mundo durísimo, mucho más de lo que ella pudiera imaginar.

Soraya lo absorbía todo. Las lágrimas desbordaron sus ojos. Joe no lloraba. Lloraba ella. Eran lágrimas de él que habían sido trasvasadas a ella para poder derramarse. No tenía con qué enjugárselas. Joe se dirigió hacia la barra del bar en busca de pañuelos de papel.

–He pedido champán –dijo.

Brindaron, sin decir por qué brindaban. Se miraron a los ojos. Cada uno brindaba por algo. Cada uno se guardaba algo. Soraya, vencida, no sabía lo que debía guardar.

–Te acompaño a tu casa –dijo Joe.

–Me quedo un rato aquí –dijo Soraya–. Vete, tienes el tiempo justo para tomar el avión.

La mano de Joe se posó sobre el pelo oscuro de Soraya. Una mano grande, tostada por el sol. Soraya ni siquiera tenía fuerzas para levantar la mano y retener la de Joe, que se quedó allí un momento, posada sobre su cabeza. Cuando otra vez la acarició, la mano no respondió. Se quedó quieta, sin vida. Una mano desengañada.

Joe desapareció. Paso a paso, por un lado de la plaza. Aún quedaba champán. Soraya se lo fue bebiendo a sorbos, como se toman las medicinas amargas. Tenía un sabor dulce bajo los árboles, el aire fresco agitando las hojas. Sólo tenía ganas de llorar.

No sé lo que me pasó, dijo Soraya. Fue más que una desilusión, era pena, un dolor difuso, una especie de abandono, como si se me hubieran ido todas las fuerzas. Ni yo misma comprendía por qué lloraba tanto, por la vida, por lo distintas que son las personas, por los sueños que no se pueden cumplir.

Pero después de todas esas lágrimas, un verdadero torrente, me olvidé, dijo, no sé en qué momento, pero más o menos pronto. No había sido un golpe demasiado fuerte, apenas conocía a Joe Camino, ese adiós no podía afectarme de verdad.

Sin embargo, siguió Soraya, la historia no termina aquí, eso es lo curioso. Al cabo de los años, me encontré de nuevo con Joe Camino. Otra vez en un hotel, por cierto. Pero en esta ocasión no estaba yo trabajando de recepcionista, sino que me encontraba de vacaciones con mi marido. Ya era una mujer casada. El lugar y el hotel lo había escogido Rubén. Lo primero que vi al entrar en el hotel fue la fotografía de Joe Camino en un cartel, me di un susto de muerte. Actuaba por la noche, ¡maldita casualidad! Me vino a la cabeza, de golpe, toda esa historia tan extraña, el beso en la discoteca detrás de la columna, las manos inertes de Joe en la mesa de hierro de La Muralla, sus ojos, tan tristes que no podían llorar. Y aquel aire limpio y fresco de la mañana, aquella esperanza de vida intensa, apasionada, que de pronto se disolvió bajo los árboles y se convirtió en pérdida, en dolor, en lágrimas saladas que no dejaban de resbalar por mi cara, imparables, ¡cuánto había llorado aquella mañana! Y, de nuevo, me pregunté: Todo eso que me contó, ¿era verdad?

Ojalá no me cruzara con él, pensó Soraya, no sabría qué decirle, cómo mirarle. Si por azar se lo encontraba, le felicitaría por su éxito. Sea como fuere, no se había destruido, seguía allí, con nuevas canciones, con nuevas giras. A la vista estaba. Eso le diría, felicidades. Nada más. Y se alejaría rápidamente.

Estaba sentada en el patio –¡un escenario tan parecido al otro!– cuando le vio. Joe sonrió y se dirigió hacia ella. Se sentó a su lado. Inesperadamente, Soraya se encontró hablando con Joe como dos viejos amigos que se ven de vez en cuando, que están acostumbrados a coincidir en los lugares más inesperados. Bromearon. Hasta coquetearon un poco. Joe preguntó:

–¿Estás sola?

Soraya habló de su marido. Sin proponérselo, su tono estaba impregnado de desilusión. Era la antigua desilusión, la de aquella mañana de lágrimas, pero salía ahora, porque quería dirigirse hacia Joe, recaer sobre él.

–Te compensaré, esta vez te compensaré –dijo Joe.

La voz de Joe volvió a atravesar el corazón de Soraya. La sonrisa de Joe. Volvió a entregarse a los sueños. Habían sido tan intensos que aún existían, volvieron del lugar remoto en el que se habían guardado, sin llegar a morir del todo. ¿Cuántas veces en su vida se había visto invadida por una emoción como aquélla? Durante unas horas, antes de acudir a la cita con Joe en La Muralla, Soraya había estado dispuesta a todo, lo había deseado intensamente: vivir siempre junto a Joe Camino, estar allí, en el eje, en el corazón de su vida, ¿por qué? Aún lo deseaba. No hay porqués ante la pasión.

No habían concretado nada, pero cuando se separaron, Soraya empezó a idear estrategias para reunirse con Joe, para desaparecer con él unas horas.

Ese día no le vio, ni al otro, ni al otro. Soraya preguntó en la recepción del hotel. Habían terminado ya las actuaciones, pero el cantante aún seguía alojado allí, le dijeron.

Así que me ha vuelto a pasar, se dijo Soraya, he vuelto a caer en esta extraña trampa, ¿está jugando conmigo?, ¿es siempre así?, ¿por qué me da esperanzas y luego se esfuma? Eso es lo único que me gustaría saber.

Me sentí como una idiota, como una colegiala a quien resulta muy fácil tomarle el pelo, me dijo Soraya. Desde luego, ya no sentía dolor, sino rabia. Rabia por mí misma, por ser tan tonta. Estaba convencida de que, tarde o temprano, me encontraría con él y ya estaba un poco preparada, no le haría ni caso. Esta vez, no.

Sucedió el último día de su estancia en el hotel. Soraya había pasado la tarde de compras y se encontraba en el bar, esperando a Rubén. Miraba hacia el patio, hacia el desfile de la gente a esa hora de la tarde, antes de los planes para la cena. Le vio.

Allí estaba, en medio del patio, Joe Camino. Con traje claro, como si fuera un mánager, rodeado de gente, admiradores, hombres de negocios, mujeres enjoyadas. Soraya vislumbró a su marido, que pasaba justo por detrás de Joe, con aire despistado, como si no recordara dónde habían quedado citados, si en el bar o en el patio. Soraya se levantó, se dirigió hacia la puerta, hizo una seña a su marido. Joe estaba sólo a unos pasos de ella.

Joe se quedó un momento inmóvil, como mirándola desde muy lejos, como quien ve algo que no encaja. Luego, desvió la mirada, inexpresiva. Sin embargo, le tendió la mano. Se la estrechó sin fuerza, sin sonreír, un acto que se hace porque sí, sin motivo, porque alguien nos lo ha exigido, un acto desprovisto de sentido, huidizo. Y mientras separaba su mano de la de Soraya, que apenas había tocado –durante aquel segundo, las manos habían permanecido lejos la una de la otra–, volvió la cabeza hacia atrás, se fue muy deprisa.

Eso había sido todo. Aquí acaba, de momento, la extraña historia de Soraya con Joe Camino. De una manera rara, como a veces acaban las cosas.

Soraya se ha convertido en una mujer madura, guapa e interesante, que todavía mira abiertamente a los ojos de la gente, como si aún estuviera dispuesta a pronunciar una frase de bienvenida o de agradecimiento, a demostrar que está abierta a la amistad y a las sorpresas, y cuando sonríe, sí, en ese momento sabemos que es verdad, que aún espera algo.

Joe Camino, por las fotografías y reportajes televisivos que he visto de él, ha ido cobrando, ya lo he dicho, un aire como desengañado, de quien no está del todo en la vida, un aire que no le sienta nada mal, la verdad.

MASAKO

Alicia sube hacia Montparnasse. Le viene a la cabeza el fugaz momento en que, ayer por la noche, a la puerta del restaurante donde habían cenado, se había sentido, mientras Raúl la ayudaba a ponerse el abrigo, completamente sola y perdida en la calle oscura, daba igual que fuese de París. Una calle oscura. Y se preguntó: ¿Para qué he venido a París? Mejor estaría en casa, con los míos. Como si Raúl, su marido, no fuese de los suyos. No enteramente.

Sin embargo, esta mañana prefiere estar en París que deambulando por Madrid. En Madrid no deambula de este modo. En Madrid está atrapada. Esto es lo mejor de esta mañana fría y levemente luminosa —mucho menos luminosa que las mañanas invernales de Madrid—, saber que no está atrapada. Quizá la gente viaje por esta razón, quizá esta sensación sea típica de los viajes. Pero tiene la impresión de que se trata de algo mucho más profundo. La otra cara de la moneda. Los viajeros ¿sienten esa desolación?

Quizá esta desolación sea privativa de ella, un rasgo especial de su carácter, de su forma de ser. Su identidad, esa parte de su identidad que se corresponde con la sensación de libertad que siente ahora, mientras sube hacia Montparnasse. Siempre ha sido así. Abismos de angustia y picos de euforia. Lo curioso es que cuando, como ahora, la invade la euforia, piensa que dejará una huella, que ya nada volverá a ser como antes. Cree más en la euforia que en la desesperación. Su esperanza es, en suma, más fuerte que su desesperanza. La vida puede cambiar, la vida entera. No se refiere a pequeños cambios externos, sino a cambios profundos, esenciales, que a primera vista no se ven, pero que poco a poco lo van transformando todo. Será una persona luminosa, no la mujer apagada que tantas veces le devuelve con infinita pereza la mirada desde el otro lado del espejo.

Alicia se detiene ante un escaparate. Es una papelería, una tienda pequeña. Hay libretas y cuadernos de diversos tamaños y colores. La tienda está bastante llena de gente, como si todos hubieran tenido la misma idea a la vez. Alicia se siente bien entre estas personas, cuyo aspecto es ligeramente distinto a la media de las personas que andan por la calle. Las personas que están aquí tienen un toque especial, un detalle en la solapa del abrigo, un reloj distinto en la muñeca, un bolso raro colgado del hombro, unos guantes rojos sobre el mostrador. Hay que ver cómo miran estas personas especiales los papeles, los cuadernos y las libretas, cómo los tocan, cómo los acarician, ¿qué destino van a darles? Algo importante, sin duda algo muy personal.

Y aquí, entre ellas, está Alicia, con su sombrero de terciopelo marrón y su abrigo de espiguilla. Está aquí como si conociera la tienda desde siempre, como si hubiera encaminado sus pasos hacia ella con toda premeditación en esta mañana de noviembre en la que, por casualidad, se encuentra en París. Aquí, en la papelería, es una clienta más. Nadie sabe cómo se llama, nadie sabe que está en París matando el tiempo mientras Raúl, su marido, asiste a reuniones de trabajo, porque ella ha ido a París en calidad de acompañante, para aprovechar el viaje, para regalarse algo a sí misma, un par de días de descanso.

Alicia toca y acaricia los cuadernos de la misma manera en que lo hacen los otros clientes. Al fin, escoge uno de tamaño medio, que cabe en todos los bolsos, un cuaderno rayado con espacios pequeños entre las líneas, ¡qué suave es el papel, de color ligeramente crema! Lo llevará siempre consigo, no importa lo que anote en él.

Entra en un café que había visto antes de toparse con la papelería y que da a una pequeña plaza. Se acomoda en una mesa del interior, frente a la cristalera.

Al otro lado, en la terraza, una mujer está escribiendo una carta. Una mujer oriental. Delgada, facciones muy finas, pelo largo. No sabe si es alta, no parece baja. Es muy joven, veintitantos años. Lo sabe por la piel de la cara, muy tersa, y por la forma de vestir. Es una de esas mujeres sobre las que no hay duda: son aún un poco niñas. Si supiéramos que tienen más de treinta años, no nos lo creeríamos. Emana inocencia. Aún se encuentra, desde luego, en algún lugar de la niñez. Escribe la carta con enorme concentración, como si creyera profundamente en ella.

Me gustaría conocer la historia de esta mujer, se dice Alicia. De Masako. Porque en su interior la ha llamado Masako. Es el nombre de la princesa deprimida, la mujer del príncipe Akihito, que viaja solo por el mundo a bodas y funerales, ya que ella no puede acompañarle, deprimida como está. Siempre le ha llamado la atención que se comunicase al mundo la enfermedad de Masako. La rara vez que, a partir de entonces, se publica una fotografía suya, Alicia –y, sin duda, cientos de personas– la escudriña, ¿se refleja la depresión en su mirada? ¡Pobre Masako!, expuesta ahora, en plena depresión, a todas las miradas. Hubiera sido preferible que no dijeran nada. Pero entonces correrían rumores y eso no es bueno en una nación. La depresión de Masako es un asunto de Estado, ¡qué desgracia!, ¡como si no fuera suficiente tener una depresión! Esa exposición pública no puede ayudarla nada a superar su enfermedad, ¡qué terrible estar expuesta a todas las miradas! No hay tantas ventajas en el hecho de ser una princesa, es una suerte ser anónima, no hay por qué dar el parte del estado de ánimo de una persona a nadie.

Esto es, más o menos, lo que está escribiendo Alicia en su cuaderno rayado de tapas azules. Meditaciones sobre Masako.

Levanta los ojos y ve que Masako, esta Masako, la que está aquí, a unos pasos de ella, al otro lado del cristal, ha terminado de escribir la carta. La está metiendo en un sobre. Masako escribe ahora la dirección en el sobre, el remite, pega un sello que saca de la cartera. Estudia un momento, con el ceño fruncido, el ticket de la consumición que el camarero dejó sobre la mesa, busca dinero en su cartera, lo deja junto al ticket. Se levanta, se pone el abrigo, se enrosca la bufanda alrededor del cuello. Se aleja, sin mirar atrás.

Alicia no había previsto que Masako fuera a marcharse tan pronto. Mientras la ve alejarse, se dice que habría tenido que inventarse una excusa para hablar con ella, porque de pronto no soporta estar sola en París, no puede con este sentimiento de desvinculación que la posee. Se ha presentado de golpe, mientras ve a Masako, de espaldas, andando por la calle. Y se arrepiente profundamente del viaje. No sé qué me ha llevado a querer alejarme de casa, es allí donde quiero estar, en mi casa, se dice.

Es entonces cuando descubre la carta. Se ha caído al suelo, se ha resbalado del bolsillo del abrigo de Masako, o quizá incluso de sus manos enguantadas en guantes de lana, tan resbaladizos. Alicia se levanta casi de un salto, dejándolo todo allí, el cuaderno, el bolso y el abrigo, y sale del bar corriendo, recoge la carta del suelo y detiene a Masako. Le tiende la carta, le dice, en francés, que se le ha caído al suelo. Masako le dedica una mirada de infinito asombro, de una perplejidad insondable, como si esa carta no tuviera nada que ver con ella, como si todo esto fuera un completo error. Como si no la entendiera.

Alicia, desconcertada ante el desconcierto de Masako, hace un gesto ambiguo con la mano, como para retroceder, como para negarlo todo. Se excusa por haber cogido la carta del suelo, entra de nuevo en el bar, se sienta en su rincón, donde todo permanece como estaba. No ha habido ningún robo. El cuaderno sigue, abierto, sobre la mesa. El abrigo, en la silla. El bolso cuelga del respaldo de la silla.

¿Le habrán pasado a la otra Masako, la princesa deprimida, cosas como ésta?, ¿será la vida para ella un hecho indescifrable, como lo que le acaba de suceder? Encuentras una carta en el suelo y piensas que se trata, precisamente, de la carta que acabas de ver mientras se escribía. La mente se inventa cosas. Al final, la realidad se esfuma y todo da miedo. Vértigo. ¿Serán como éstos los padecimientos de la desdichada princesa Masako?

—¿Puedo sentarme?

Esta frase, en francés, acaba de ser pronunciada a su lado. Alicia levanta los ojos del cuaderno. La chica oriental está ahí, de pie junto a la mesa, mirándola, sonriendo levemente.

—Siento lo de antes, es que al principio no te entendí. Hablo un francés muy malo.

—Es mucho mejor que el mío, yo tampoco soy francesa.

—Quería darte las gracias, estuve a punto de perder mi carta.

—Tenía sello, quien la hubiera encontrado la habría echado al buzón. Yo misma lo habría hecho.

—Sí, tenía sello, ¿te fijaste?

—Te estuve observando mientras escribías la carta, parecías tan concentrada que no podía evitar mirarte.

La chica oriental sonríe. Y de pronto Alicia tiene necesidad de hacerse amiga suya, de que se quede, al menos, un rato con ella.

La chica, después de un ligero titubeo, acepta la invitación que le hace Alicia. Es curioso, pero empiezan a hablar como si se conocieran de toda la vida.

—Li Masako, ése es mi nombre –dice.

—¿Como la princesa Masako, la princesa deprimida?

—¿La conoces?

—Todo el mundo la conoce.

—Me pusieron el nombre por ella.

Masako lleva un año en París. Había venido a seguir un curso de operadora turística, pero cuando el curso terminó, decidió quedarse, pidió dinero a sus padres y se matriculó en otro curso, porque la perspectiva de su vida en Japón le daba una pereza infinita. En París, la vida era más tranquila y era una vida de estudiante. Lo que la esperaba en Japón era un trabajo absorbente o el matrimonio. Compartía piso con otras estudiantes orientales, asistía a las clases, iba al mercado, cocinaba al estilo japonés –a veces se aventuraba un poco en la cocina francesa–, iba al cine con sus amigas, salía a cenar con amigos a restaurantes baratos, las noches de los viernes –o incluso de algún jueves o de algún sábado– se iba de marcha: bares de copas y discotecas. Para hacer esa vida en Tokio hacía falta seguir siendo estudiante y vivir fuera de la casa familiar, y no eran ésas precisamente las opciones que la esperaban allí. Hay cosas que sólo puedes hacer fuera de tu país. La mejor vida de estudiante es la del estudiante extranjero, eso lo sabe cualquiera. La sensación de libertad, de independencia, que te da vivir en una ciudad extranjera a la que sólo te liga eso, unos cursos en la universidad, no tiene parangón. Masako era feliz, aprendía mucho –aunque le había dicho lo contrario a Alicia, hablaba francés perfectamente–, se divertía mucho y, finalmente, pensaba poco, lo que suele ser sinónimo de dicha.

Pero no pensar también puede suponer un peligro, porque, sin pensar, se hacen cosas que no se harían pensando. El pensamiento salva de cometer errores y tonterías, el pensamiento paraliza. En fin, ¿de qué servían ya estas consideraciones? Masako era feliz y no pensaba. Los viernes por la noche se iba de marcha y perdía la cabeza, como todos o casi todos los jóvenes que se precien. Era feliz y todo habría debido seguir así, ¿es que la felicidad no se puede mantener?, ¿es tan frágil?, ¿se sostiene allí, en el filo de la navaja, y cualquier soplo de viento, la más mínima corriente de aire, la puede derribar?

Se cruzó la pasión, esa fatalidad. Masako había tenido novios, pero nunca había experimentado eso que está muy por encima del amor, en otro lado. Más bien, en otro mundo. Sato era también de Tokio. Hablaron, en la oscuridad y el ruido de la discoteca, y descubrieron que tenían algunas cosas en común. Algunas cosas que esa noche parecían muchas y muy importantes. Sato era un joven ejecutivo con un buen empleo –dependía de su padre– en París. Casado, con dos hijos. No lo ocultó, nunca lo ocultó. La pasión fue mutua. Se aventuraron juntos por caminos que nunca habían transitado. Se entusiasmaron con esos caminos, no podían recorrerlos por separado. Tenían una dependencia mutua. Se sentían ligados por la fuerza imbatible de la atracción física y por todo lo que descubrían y disfrutaban juntos. Se sentían libres y encadenados a la vez. Los dos sentían lo mismo. Jamás se había dado una sintonía así. Almas gemelas, eso es lo que eran.

Ambos sabían que el matrimonio de Sato era sagrado. No contaban con la ruptura, asumieron que su relación tenía que ser secreta. No importaba. Les gustaba que fuera así. Se sentían traidores, clandestinos, marginales, condenados. Les gustaba esa sensación. Oscuridad y ruido, así había empezado todo y así seguía. Aunque a veces había silencio, calma, felicidad. También eso, felicidad.

–Sin embargo –dice ahora Masako–, todo eso ha cambiado radicalmente. Todo empezó con el viaje a Turín. Los viajes son muy peligrosos, no importa adónde se vaya, la culpa no la tiene Turín, hubiera podido ser cualquier otra ciudad, cualquier otro país. Era un viaje profesional. Se trataba de una feria del automóvil. En Turín se fundó la Fiat y se ha desarrollado mucho todo lo que tiene que ver con el diseño de carrocerías, un asunto que interesa mucho al padre de Sato, y al mismo Sato, a decir verdad. Fue a mí a quien se le ocurrió la idea, le dije a Sato que me gustaría acompañarle, que era importante para mí, necesitaba pasar unos días con él, sin limitaciones, solos él y yo. Lo curioso es que, mientras se lo decía, ya sabía que era un error y que, eso es lo malo, ni siquiera era verdad. Me empeñé porque sí, porque a veces te enredas en cosas que no quieres sólo por demostrarte algo. Creo que lo que quería era probar a Sato. Sentir que tenía poder sobre él. En resumen, puse tanto empeño en el viaje a Turín que luego no podía sino decepcionarme. Se convirtió en mi meta, incluso había cosas que tenía que hacer y las iba dejando para luego, para el regreso de Turín. Me decía: Esto lo haré o lo pensaré o lo decidiré a la vuelta de Turín. Casi todo era ya para después del viaje.

»Cuando nos veíamos, Sato y yo sólo hablábamos del viaje. Nos compramos un diccionario y empleábamos, en nuestros encuentros, muchas expresiones en italiano. Ya sabes, esas cosas, *avanti, arrivederci, prego, presto, alora...* Nos reíamos mucho, hacíamos gestos como en las películas italianas, ya sabes cómo son los actores italianos, muy exagerados, muy gesteros. Ay, ¡si todo hubiera quedado ahí!, ¡si no hubiéramos ido, finalmente, a Turín!, ¡si se hubiera cumplido aquel temor que antes del viaje me impedía dormir, un temor tremendo de que el viaje fallara, sí, ojalá ese temor se hubiera hecho realidad! Porque en Turín se estropeó todo, ir a Turín fue un completo error.

»Quizá lo que yo sabía antes del viaje a Turín, lo que presentía, era que mi historia con Sato estaba llegando a su fin, que ya había caído la sentencia sobre nuestras cabezas, estábamos condenados. Y si quería correr hacia esa ciudad desconocida era por aclarar las cosas, como si supiera que en una ciudad desconocida todo se ve con mayor claridad, con más relieve. Quería avanzar hasta el final, llegar cuanto antes a la conclusión, porque la inquietud no se puede soportar, te corroe por dentro, te destroza. Sí, supongo que por eso puse tanto empeño en el viaje a Turín.

Masako, que ha soltado todo esto de un tirón, se queda ahora pensativa.

¿Existen los presentimientos?, se pregunta Alicia, pensando en su propia vida, en lo que le está pasando ahora, en París. Jamás hubiera imaginado que fuera a sentir el extrañamiento que la ha invadido, que la golpeó, por sorpresa, ayer por la noche, en la puerta del restaurante donde acababan de cenar, mientras Raúl la ayudaba a ponerse el abrigo, esa súbita lejanía que sintió respecto a Raúl, respecto a todo, incluso hacia su propia vida. Sin duda, por eso se encuentra ahora frente a esta mujer desconocida e indudablemente enigmática llamada no sé qué Masako, como la mujer del emperador Akihito. Está interesada en ella como si la vida de Masako pudiera resolver la suya, como si el fallo de todos estos años hubiera sido no haberse interesado por esta mujer o por cualquier otra, alguien un poco ajeno a su vida.

–No conozco Turín –dice, para interrumpir los pensamientos silenciosos de Masako.

–Creo que no volveré a Turín –dice Masako, pero lo dice repentinamente animada, casi riéndose–. La ciudad me gustó, eso no tiene nada que ver. Pero, claro, no es probable que vuelva a Turín. En el fondo, eso me impresiona. Estuve allí y no volveré... Allí me di cuenta de todo. Soy como soy. A lo mejor soy rara, o muy rara, no lo sé. Pero soy así. De pequeña me lo decían, ¿qué pasa?, ¿te crees diferente, de una especie única? Una especie única, eso me decían siempre. Bueno, quizá sea así –suspiró, pero sin resignación. Más bien, divertida–. El caso es que en Turín Sato se convirtió en un extraño. No me interesaba nada, no comprendía qué es lo que hacía él allí, a mi lado, no lo entendía, la verdad, ¡qué hombre más absurdo!, dormía cuando no era la hora de dormir, hablaba cuando yo me caía de sueño, de repente, le entraba el hambre, comía, y a la hora de la cena se sentía desganado... ¡Uf!, aquello fue un infierno. Así era, no estábamos de acuerdo en nada. Me refiero a lo básico, a los ritmos. Estábamos completamente descompasados.

»Nada más pisar París, decidí romper con Sato, no verle nunca más. Y eso es lo que trataba de explicarle en esta carta. –Masako miró el sobre que reposaba sobre la mesa–. Pero verás, de pronto, ahora mismo, mientras te estoy hablando, ya no sé qué pensar. La carta se me cayó, ¿no es eso? Tú la recogiste, aquí está, aquí estamos las dos hablando, reflexionando, ¿no es curioso? Yo creo que todo esto tiene un significado. Porque de pronto me apetece ver a Sato, ésa es la verdad. No estamos en Turín, ya no comparto con él una habitación de aquel inmenso hotel que antes había sido una fábrica de la Fiat, un escenario impresionante, no te lo puedes ni imaginar.

»No, no voy a enviarle la carta. ¿Para qué dar tantas explicaciones?, ¿por qué tengo que darles tantas vueltas a las cosas? Ya lo iré viendo, no tengo por qué tomar una decisión así, con el recuerdo de Turín en la cabeza. Quizá fue por culpa de ese hotel tan raro, o de la misma ciudad, no lo sé...

Masako consultó su reloj.

–Ay –dijo–, me tengo que marchar. Gracias por el té. He pasado un rato estupendo. Hablar de Sato contigo me ha aclarado mucho las cosas. Ha sido, cómo decirlo, providencial, sí. Mira, te doy una tarjeta mía. Si vuelves por París, llámame. A lo mejor aún sigo aquí, a lo mejor hasta sigo liada con Sato, ¿quién sabe?

Masako desaparece, es evidente que tiene mucha prisa. Se ha llevado la carta que minutos antes reposaba sobre la mesa, la guardó en su bolso.

Quién sabe dónde y cuándo la tirará, se dice Alicia, o si, antes de tirarla, la volverá a leer, con un atisbo de curiosidad, para saber lo que había llegado a pensar, o si la romperá sin más, sin pensar ya en todo lo que hay allí escrito.

Al cabo de un rato, Alicia paga la cuenta, sale del café y sigue deambulando por París.

OTOÑO DE 1968

Aún era otoño, aún se podía pasear sin prisas por las calles de la pequeña ciudad noruega en la que vivíamos. Al fin, habíamos conseguido instalarnos en una habitación de alquiler en una casa de las colinas. El trayecto de la casa al centro de la ciudad era agradable. Los días eran cada vez más cortos, pero había horas de luz.

Yo me pasaba mucho tiempo sola. Mi marido salía temprano hacia la universidad y volvía a la hora de la cena. A media mañana, después de haberme leído un capítulo más de las *Obras escogidas* de Vladímir Ilich Lenin –uno de los pocos libros que me había traído en la maleta y del que no conseguía sacar nada en limpio, a pesar de que me lo habían recomendado mucho–, bajaba a la ciudad, entraba en alguna de las tiendas de lanas y artesanía, me sentaba en un banco del paseo y me decía que la vida fuera de la casa familiar merecía la pena. Era libre ya para hacer lo que me viniera en gana. Y eso era lo que estaba haciendo, convivir con mi marido en una pequeña y fría habitación de una casa perdida en las colinas, leer a Lenin, sentarme en un banco a ver pasar la gente. No era mala vida, después de todo. Algo solitaria. Como me sobraba el tiempo y me aburría de tanto subrayar párrafos enigmáticos, decidí darle algo de envoltura a la tesis que había presentado para obtener el título de periodista y que tenía que ver con Pío Baroja. También hice bufandas y jerseys. Entre una cosa y otra, pasaban las horas, y todavía era otoño, todavía disfrutábamos de algunas horas de luz.

Fue un acontecimiento que nos invitaran a cenar una noche de sábado a casa de un compañero de mi marido. Sobre todo, por el hecho en sí, la posibilidad de comer algo distinto a lo habitual. Así dicho, parece algo exagerado, pero comíamos mal y siempre lo mismo. Por varias razones: yo no sabía cocinar –tampoco mi marido–, la comida era carísima y, además, muy rara. Las tiendas de alimentación noruegas no tenían nada que ver con los mercados españoles, con los que yo estaba algo familiarizada porque siempre me había gustado acompañar a mi madre al mercado. Allí no había nada de lo que mi madre solía comprar. El material más reconocible eran las salchichas, de las que había muchas clases y, sobre todo, muchos tamaños. Finas, normales, y enormes, casi monstruosas. Las salchichas eran baratas. En eso consistía nuestra dieta, en salchichas, patatas, huevos, leche, pan y mantequilla. Lo más barato, lo más fácil de cocinar.

A estas alturas, no puedo recordar en qué consistió aquella cena. Por lo demás, el asunto de la comida fue dejado de lado nada más traspasar el umbral de la casa. No éramos los únicos invitados. Había otra mujer. Ésa fue la cosa: todos se asombraron de mi presencia. Evidentemente, mi marido no le había dicho a su compañero de trabajo que estaba casado y por eso le habían invitado a cenar, para emparejarle. Ha pasado ya tanto tiempo desde aquella noche, y la mujer en cuestión ha sido objeto de tantas conversaciones –más bien, discusiones– entre mi marido y yo, que no podría asegurar si era espectacularmente guapa o una mujer normal, sin más, ni fea ni guapa. Era alta, eso sí, más alta que yo. Como casi todas las mujeres noruegas: la mayoría eran más altas que yo. Alta, rubia y con el pelo largo. De lejos, vale, podría parecer espectacular, pero de cerca no estoy tan segura. Naturalmente, mi marido siempre ha sostenido que se trataba de una mujer increíblemente guapa y se sentía muy halagado de que la hubieran escogido como posible pareja suya.

La invitada parecía una chica nerviosa y a veces se reía sin motivo. Más de una vez la sorprendí mirando a la anfitriona con un gesto cómplice que expresaba perplejidad. Desaparecieron juntas, la anfitriona y ella, durante un rato por las otras habitaciones de la casa, como si tuvieran muchas cosas que contarse.

Yo no me encontraba en una situación airosa. En el reparto de papeles de aquella comedia –eso era lo que parecía, una comedia de poca monta–, me había tocado representar el papel de la mujer legítima, la mujer oficial, que es el más ingrato y que suele recaer sobre la actriz más fea. El marido, en semejantes circunstancias, no puede por menos que lamentar haber acudido a la fiesta con su mujer, incluso lamentar –en el mejor de los casos, sólo momentáneamente– estar casado. Yo era, obviamente, el incómodo impedimento de aquella prometedora velada. Me esforcé por ser simpática y agradable, para hacérmelo perdonar, pero estaba claro que nadie me lo podía perdonar. La chica, para colmo, había participado en la elaboración de la cena. Había llevado el postre o la ensalada o unas verduras gratinadas, si no las tres cosas.

Tengo la impresión de que tanto los anfitriones como la invitada se dedicaron a acentuar más el desastre de aquella invitación –de perdidos, al río–, porque quedó muy claro que aquella chica estaba llena de virtudes. Era una de esas mujeres que lo reúnen todo y que, encima, aceptan con naturalidad, como si eso no les afectara en absoluto, los numerosos elogios que reciben.

De regreso en nuestro cuarto de la casa de las colinas, me enfadé con mi marido por haber ocultado mi existencia. Aproveché la ocasión para desahogarme: me sobraba el tiempo, hacía frío y los días se estaban acortando. Y empezamos así una de aquellas discusiones tan frecuentes de aquella época, si la chica era impresionantemente guapa o guapa a secas o nada, muy poco, una chica normal.

A primeros de diciembre, nos invitaron a otra cena. Algo más formal. Era una cena para el personal del departamento donde trabajaba mi marido. El anfitrión era el jefe. Ahora ya sabía todo el mundo que el joven becario español estaba casado. Incluso algunos me conocían, los de la cena anterior, entre otros. ¿Qué clase de chica era yo por entonces? Sólo tenía veintiún años. Eso, lo primero de todo. Y leía a Lenin, no lo olvidemos. No entendía nada, o no asimilaba nada –¿qué era, cielo santo, lo que habría podido asimilar?–, pero seguía pasando páginas y subrayando párrafos. Los libros que había metido en la maleta –los que me habían recomendado para mi formación– me resultaban terriblemente aburridos. Los días se me hacían eternos, cada vez más oscuros. Aquella invitación suponía una pequeña ruptura en nuestras vidas, ¿no conoceríamos al fin a gente interesante? Gente divertida, ¡eso sí que habría sido un hallazgo!

Según me comentó mi marido, durante aquella cena di la nota. Yo, la verdad, no me acuerdo. Con veintiún años, recién casada, lejos de los míos, tantas horas pasadas a solas, avanzando lentamente hacia la oscuridad, ¿qué se puede esperar? Vas a una fiesta y das la nota. Hablas cuando no tienes que hablar, frunces el ceño cuando debes sonreír, te ríes cuando todos están sumamente serios, no te levantas para alzar la copa en un brindis colectivo, propones un brindis que desconcierta a todo el mundo. No me acuerdo de qué fue lo que hice –quizá todo esto y algo más–, tampoco me quiero acordar. Siempre pensé que mi marido había exagerado.

Sin embargo, estoy segura de que me reí, porque, al rememorar este lejano episodio de mi vida, veo a una joven riéndose. Soy yo, riéndome sin importarme nada de lo que pensaran los demás, aferrándome a mis veintiún años y a mis ganas de vivir, cansada de tanta oscuridad, tanta lectura inescrutable, tanta espera solitaria, tanta lejanía.

Las lentas horas del otoño me habían ido hundiendo en la melancolía. Cuando pensaba en los últimos meses pasados en casa de mis padres, antes de mi boda, no me detenía en los momentos amargos que, cuando sucedieron, me habían parecido muchos. Ahora sólo hubiera querido hablar, estar con alguien, no sentirme sola. ¿Qué me importaba ya la oposición de la familia de mi marido a que nos casáramos tan jóvenes, sin disponer de ningún medio de vida, sólo esa pequeña beca de estudios en un país lejano? Hasta eso era vida, sentirte ofendida y rechazada. Delante de la puerta de la casa de mi novio, mientras aguardaba a que la doncella de inmaculado delantal blanco bordeado de puntillas me abriera la puerta, me había sentido como una intrusa, y temía ya cruzarme por el largo pasillo con uno de los desconocidos habitantes de la casa. Bueno, aquello eran emociones, después de todo. ¿Y el miedo que había pasado el día en que las dos familias se iban a conocer en el bar del Hotel Wellington porque la fecha coincidía, fatídicamente, con el concierto de Raimon en la facultad de económicas –la mía–, que de ninguna manera nos queríamos perder? Sí, llegamos a tiempo a la cita, con los zapatos algo polvorientos, el pelo desordenado y el corazón a todo latir, porque habíamos tenido que correr delante de los policías vestidos de gris que tanto nos atemorizaban, pero ¡habríamos podido acabar el día en la comisaría, en la mismísima Puerta del Sol, donde estaban los calabozos, en lugar de estar intercambiando sonrisas y frases convencionales con nuestras familias, que se veían por primera vez! Mientras corría por la calle, de la mano de mi novio, me había dicho, había pedido a no sé quién, que, por favor, no pasara nada aquel día, aquel día no, por favor. Ese miedo era vida también.

El verano en Madrid, ya casados e instalados en un piso que nos habían prestado, había sido largo, pero estaban las visitas del fin de semana a La Granja, donde mi marido cumplía su segundo o tercer o cuarto año de servicio militar. Aquellas visitas, que me habían horrorizado, ahora me parecían bien. Duraban cosa de una hora y se desarrollaban en un recinto pedregoso, al aire libre, con un calor de muerte y muy pocas sombras donde guarecerse un poco. No me gustaba en absoluto ir a La Granja. Me angustiaba el viaje, que hacía en el coche de los padres de un compañero de mi marido, y no era ninguna maravilla deambular luego por aquel inhóspito y seco terreno acotado, esquivando familias ajenas y soldados. Pero lo peor era la vuelta, ¿para eso me había casado?, ¿para volver a casa sola a última hora del domingo, después de haber hablado un rato con mi marido, vestido de color caqui de la cabeza a los pies, rodeados de ruidos y gritos y olor a comida? Pensando ahora en aquellas visitas, me sonreía, ahora las encontraba llenas de vida, absurdas, sí, pero llenas de vida.

Añoraba también los días laborables, el resto de la semana del verano en Madrid. Pasaba mucho tiempo echada en uno de los sofás tapizados de color verde manzana, que, cuando los vi, me parecieron unos trastos enormes y poco acogedores –gemelos, para colmo–, pero que luego adquirieron gran utilidad, mientras leía novelas policíacas. Acababa de descubrir a Raymond Chandler –gracias a mi querida amiga Marita, compañera del colegio, que se hizo amiga de verdad una vez que nos encontramos fuera y comprendimos que teníamos muchas cosas en común, aunque en el colegio no hubiésemos llegado a darnos cuenta–, y Philip Marlowe se convirtió de forma inmediata en una persona importante para mí. ¿Por qué no me había traído a Noruega las obras completas de Raymond Chandler?

Rememoraba ahora, como un símbolo todavía indescifrable, algo que me llenaba de una extraña y dolorosa nostalgia, una noche de domingo de mucho calor y muy oscura, una noche sin luna y de estrellas apagadas. Mi marido había estado enfermo durante todo el fin de semana porque algo le había sentado mal y se le había desencadenado un proceso medio gripal, con fiebre muy alta. Tuve que ir al cuartel del Conde Duque, en la calle de Santa Cruz de Marcenado, a comunicarle a un capitán del ejército que no podría regresar a La Granja. Si, por lo que fuere, los soldados no podían estar en La Granja a las nueve –o quizá a las diez– del domingo, había que avisar y obtener el consiguiente permiso antes, creo, de las siete de la tarde. Pero yo fui al cuartel del Conde Duque a las once de la noche porque mi marido se pasó toda la tarde esperando mejorar y le llevó mucho tiempo darse por vencido. Esperé un buen rato en la puerta del cuartel, en la oscura calle de Santa Cruz de Marcenado, con aquel calor, hablando con los centinelas, no sé de qué. Hasta que el mensaje no le llegara al capitán y me dieran permiso para entrar, tuve que quedarme allí, de tertulia con los soldados. Me parecieron simpáticos. Eso me alivió un poco porque imaginaba que, por no haber avisado a tiempo, mi marido se pasaría un mes en el calabozo, como poco. Y adiós fines de semana, y adiós, quizá, a Noruega. De todo eso me acordaba ahora vagamente, como si hubiera sido un sueño.

Llegó al fin el necesario permiso y entré en el cuartel. Me condujeron por los pasillos de aquel edificio enorme y mal iluminado hasta el despacho del capitán, tan lúgubre como lo hubiera supuesto, de haber supuesto algo. El capitán debió de verme tan asustada que me preguntó si yo creía que los militares eran una pandilla de sádicos. Dijo que lo importante era que el enfermo se recuperara cuanto antes, no por faltar o no al cuartel, sino por él mismo y también por mí. Me preguntó cuántos años tenía yo. Cuando le respondí, asintió, como si esa cifra –veintiuno– fuera la que él había calculado. Luego me acompañó hasta la puerta, sonriente, y, apretando mi mano con fuerza, nos deseó mucha salud y felicidad a los dos, a mi marido y a mí.

Lamenté no haber anotado mentalmente todos los detalles porque en aquel instante había sentido que en todo ello se guardaba una especie de mensaje para mí: en esa soledad y ese miedo que me invadían camino del cuartel y en la puerta, mientras hablaba con los centinelas y luego, recorriendo los tristes e interminables pasillos que me llevaron hasta el despacho del capitán, cuando, repentina, asombrosamente, todo se transformó y fui tratada con toda consideración e incluso con algo de afecto. Si hubiera registrado en mi memoria el nombre del capitán, le daría ahora, al cabo de los años, las gracias aquí, aunque él nunca lo llegara a saber. Quién sabe, aquel hombre afable, que me recibió con inesperada calidez, quizá sea un gran lector.

Cuando, antes de casarnos y también durante el verano que siguió a la boda, mi marido y yo hablábamos de Noruega, no teníamos ninguna imagen en nuestra cabeza. Íbamos a refugiarnos en un país del que no sabíamos nada, en una ciudad en la que no conocíamos a nadie. No nos preguntamos nunca cómo iba a ser exactamente la vida que nos esperaba allí. Mi marido preveía más o menos en qué consistiría su labor en el departamento de ingeniería en el que iba a trabajar, pero yo no tenía ni idea de lo que iba a hacer durante las largas y solitarias horas, y muchas veces oscuras, tempranamente oscuras, de los días que empezarían a adentrarse en el invierno poco después de nuestra llegada.

Me encontraba ya en medio de esos días. Me asombró haber sido tan despreocupada. Hubiera debido llevarme muchos libros, muchas tareas que hacer. Todos los recursos que tenía se iban agotando, iban perdiendo peso e importancia, mientras los días se hacían cada vez más cortos.

Al otro lado del cristal de la ventana de nuestro cuarto de la casa de las colinas sólo había dos horas de luz.

Estaba atenta a los ruidos de la casa. Tenía siempre la radio encendida. Habría querido tener en mi cabeza una hermosa historia, encontrar dentro de mí una mágica capacidad para olvidarme de la oscuridad. Me parecía haberla tenido alguna vez, pero ahora me encontraba deshabitada. ¿Cuántos días tiene el otoño? Los bastantes para que parezcan muchos, para que el sol vaya dejando cada vez más sombras sobre la tierra que gira a su alrededor. Y no se percibe el girar de la tierra, sólo se siente un desfallecimiento, como si ya no tuviera fuerzas para seguir. Por primera vez en mi vida, yo era una desconocida para mí.

ÍNDICE

Música	9
Dos hombres.	15
«Au pair»	27
Comida coreana	57
Macarena	71
Despacio.	93
Enfermedad	107
Restos	117
Espejos	135
Pulseras	143
Regatas	151
Ropa usada	165
Joe Camino.	181
Masako	197
Otoño de 1968	209